氷剣の魔術師が世界を統べる
世界最強の魔術師である少年は、
魔術学院に入学する
Mikoshiba Nana
御子柴奈々
Illust. Korie Riko
梱枝りこ

「あ……」

「レベッカ、先輩……？」
先輩の唖然とした声が、聞こえてくる。

間違いなくスタイルは抜群だ。
きれいに伸びる脚も、
我ながらいいものだと思う。
彼女はそう思っていた。
アメリアのその自己評価は
間違っていない。

アメリア＝ローズ
三大貴族筆頭、ローズ家の長女。
レイの同級生であり、
ふとしたきっかけから
レイと友人になる。
「学友の力になれるのなら、
俺としても嬉しい限りだ」
「この学院始まって以来の
一般人《オーディナリー》らしいわね、あなた」
レイ＝ホワイト
一般人《オーディナリー》出身でありながら、
アーノルド魔術学院に入学した少年。
当代の世界七大魔術師の
うちのひとり【氷剣の魔術師】。

「え……その、私なんかでいいの？」
エリサ＝グリフィス
ハーフエルフの少女。
レイの同級生で、
研究者の道に憧れている。
「なんですか？なんでも聞いていいですよ？」
レベッカ＝ブラッドリィ
三年生で、三大貴族、
ブラッドリィ家の長女。
生徒会長であり、
園芸部部長もつとめている。

# CONTENTS

# 氷剣の魔術師が世界を統べる

## 世界最強の魔術師である少年は、魔術学院に入学する

御子柴奈々

講談社ラノベ文庫

口絵・本文イラスト／梱枝りこ
デザイン／百足屋ユウコ＋石田隆（ムシカゴグラフィクス）
編集／庄司智

# プロローグ　いつかあの日の戦場

——凍《い》てつく。

周囲の世界は、完全に氷の世界と化していた。パラパラと舞う氷のかけらが、まるで雪のように天から降り注ぐ。

周りにいる人間は俺に飛びかかるようにして、向かって来る。

それと同時に、一斉に放たれる魔術。

俺はそれを無効化すると、敵を攻撃していく。

次々と舞う鮮血。

一見すれば、まるで紅《あか》く咲き誇る薔薇《ばら》のような美しさを想起させる光景。

至るところでその薔薇が咲き乱れる。

そして俺は戦闘を終えると、さらなる戦場へと向かう。

「はあッ……はあッ……はあッ……!!」

身体《からだ》には大量の赤い液体が滴っていた。

数時間前に付着したものはすでに赤黒く凝固しており、その上にさらに新しい液体が飛び散る。鎖骨まである長い髪も、すでに赤黒く染まっていた。

だが、今はそれを気に留める余裕などない。

『X－7、X－36、X－47、X－56、ロスト』

機械的な肉声が脳内に響き渡る。左耳には常時接続されている通信用の魔術が展開されている。だが、これの使用目的は仲間の残存数を確認するためにある。つまりは、仲間が死ぬたびにアナウンスが行われるのだ。

逃げることなど許されない。

現実から目を背けることさえできない。

仲間の死を確認した上で、自分に出来る最善の行動をしなければならないのだ。

――くそッ！　またなのか……⁉

その無慈悲な音声に俺は不満を漏らしながら、頬に飛び散った血を拭《ぬぐ》い去り、さらに呼吸を荒くしながら駆けていく。

目的の場所へと向かう俺の脚に迷いはない。

「……X－2、配置につきました。作戦は？」

「……作戦は続行だ。X－2、作戦に戻れ」

「了解。エインズワース少佐」

あまりにも冷たく、機械的な女性の声が届く。

もちろん、通信相手は人間である。

だが、その声には生気など宿っていないようにしか聞こえない。

磨耗しているのは、俺だけではないのだ。

そして、その声を認識すると再び立ち上がり戦場へ向かう。

「引き続き、作戦行動に入ります」

「……受諾した。死ぬなよ、レイ」

「……はい。まだ死ぬわけにはいきません」

そして、通信が終了すると同時に発動している魔術が砕け散る。

霧散する粒子が完全に消え去る前に、その場から姿を消した。

《第一質料《プリママテリア》＝エンコーディング＝物資《マテリアル》コード》
《物資《マテリアル》コード＝ディコーディング》
《物質《マテリアル》コード＝プロセシング》
《エンボディメント＝物資《マテリアル》》

コードを走らせると、俺は幾度となく使用した魔術を行使する。

その右手を薙《な》ぐと、大量の氷剣《ひょうけん》が空中に展開される。

氷剣。

それは彼女の象徴でもあり、俺の象徴でもある。

空中に顕現するそれは、どこまでも透き通るような蒼色《あおいろ》をしていた。

その状態のまま単身、敵の集団へと突撃。

――確実に仕留めるには、氷剣の数を増やすしかない……。

そう思考し、背後に大量の氷剣を伴いながら戦闘を開始。

「来たぞッ！　敵は一人だッ！」

大量に放たれるその魔術は、もはや防ぎようがない。

自分に向かってまるで、強大な波のようにして襲いかかる炎の壁。

呑《の》まれてしまえば、それこそ塵《ちり》さえ残らないだろう。

そう――普通ならば。

脳内で明確な心的イメージを浮かべると、それをこの世界に顕現させる。

そして、幾多もの青白く光る、分厚い氷の壁が生成される。

「はあああああッ！」

俺は雄叫《おたけ》びをあげながら、そのまま突撃していく。

敵の魔術は全て、生み出された分厚い氷に遮られる。さらにそこから重ねて、小さな氷の礫《つぶて》を放つ。

鮮血。

無限のごとく見てきた光景が再び目に映る。

その手を汚すことに躊躇《ためら》いはない。

相手に同情などしない。

情状酌量の余地もない。

成すべきことは、敵を討ち取ることだけ。

「怯《ひる》むなッ！　撃てえええええッ！」

依然として、司令官と思《おぼ》しき男は叫び続けるが……。

「な……んだ……⁉　何が……起きたんだ⁉」

最後に残った男の身動きを氷で封じる。

そうして俺は、いつものように戦闘を終えた。


ただ淡々とこなしていく日々。

自身の髪から、新しい赤い液体がポタポタと滴るのを見て、ふと思索《しさく》に耽《ふけ》る。

――血を浴びるのはこれで何度目だろうか。一体いつになれば、戦いは終わるのだろうか。

そう思うも、答えなどない。

成すべきことは死ぬまで、または戦争が終わるまで敵に向かい合うこと。

それがこの戦争に駆り出された、俺たち魔術師の役目。

人は適応する生き物である。慣れてしまう生き物である。

それがたとえ、どんなものであっても。

たとえ、人の命を無残に奪うことであっても。

「あぁ、やっぱりここは――」

遠くを見据えながらそう呟《つぶや》く。

至るところで紅蓮《ぐれん》の炎《ほのお》が燃え上がる。

更に地面には大量の深紅。

その景色にコントラストはない。

ただただ狂気的なまでの薔薇のような、そして灼《や》けるような紅蓮が世界を侵食していた。

幾多もの屍《しかばね》の上に立っていなければ、この光景は単純に美しく、どこか神秘的にまで感じられる……。

そう思ってしまうほどに幻想的で禍々《まがまが》しい景色であった。

――地獄のような戦場の終わりは、まだ見えない。

# 第一章　ようこそ、アーノルド魔術学院へ

「おぉ。ここがそうか……やはり、でかいな」

門の前に立つ。

俺はやっと辿《たど》り着《つ》いたのだ。あの、アーノルド魔術学院に。

魔術を学んでいる者ならば、この学院に入学することは夢であり、通過点でもある。

世界で活躍している魔術師は、その多くがこのアーノルド魔術学院出身である。

そのため、偉大な魔術師になろうとする者はここへの入学を望む。

そうして俺、レイ＝ホワイトもまたこの学院に入学することが可能となった。

試験は筆記と実技の両方で、この学院の基準はかなり高い。苦手な実技の方は、筆記でカバーし、俺は合格をなんとか勝ち取った。

またこの学院は貴族も多く、それ以外にも魔術師としては名家の子どもが数多く入学する。

その中でも俺は、唯一の一般家庭出身の魔術師。

家系に誰一人として魔術師はいない。

稀《まれ》に起こるらしいのだが、突然変異というやつだ。

そうして俺は紆余曲折《うよきょくせつ》あって、今に至る。

「いいことレイ。つらい時は、無理をしなくてもいいのよ」

「母さん。ありがとう、心配してくれて」

「レイ。色々とあるかもしれない。でもお前にはもう、家族がいる。それは覚えていて欲しい」

「父さんも……ありがとう」

「お兄ちゃん！　来年は私が行くから！　待っててね！」

「もちろんだ」

今の家族の後押しもあって、俺はたった一人でやってきた。

実は途中で何度も道に迷ったのは秘密だ……。

そうして、この巨大な門をくぐる。

グレーを基調とした真新しい制服に身を包み、この青みがかった黒い髪も、入学に際して少しだけ整えた。容姿も特に変な所は無いはずだ。

「ねぇ……あれって……」

「うん……噂《うわさ》のアレじゃない？」

「アレよ……間違いないわ……」

ヒソヒソと話し声が聞こえるが、そのまま歩みを進める。

「えーっと……道はこっちであっているのか？」

生徒手帳に付随している地図を見る。

この学院は本当に広い。

普通に歩いていれば迷ってしまいそうなほどに。

もちろん人の波に沿って進めば目的地には辿《たど》りつけるのだろうが、一応自分の頭でも改めて把握しておきたい。

そうして立ち止まっていると、後ろからドンッ！　と衝撃がやってくる。

「チッ……気をつけろよ」

「申し訳ない。少し地図を見ていて」

すぐに謝罪する。人が歩いている中で急に立ち止まった俺が悪いだろう。素直に頭を下げる。

「ん？　その髪に、その見た目……まさか、あのレイ＝ホワイトってやつか？」

「おぉ！　俺のことを知っているのか？　それは心強い。田舎から出てきて知り合いもいないんだ。これから仲良くやってほしい」

と、彼に右手を差し出すも……。

パシッとそれは払《はら》い除《の》けられてしまう。

「は……テメェ、この学院始まって以来の一般人《オーディナリー》出身だろう？」

「そうだが……何か問題でも？」

彼に加えて他の取り巻きもまたニヤニヤと見つめてくる。

この学院に入学するにあたって、俺のことが既に噂になっているのは耳に入っていた。

貴族や魔術師の家系の生徒が普通である中で、初めての一般人《オーディナリー》出身の魔術師。

そのため、俺のことを知っている人間がいるのは不思議に思わなかった。

学院始まって以来の一般人《オーディナリー》ということで、注目をきっと浴びるだろうと彼女から忠告されていたからだ。すでに貴族の間でも、かなりの噂になっているとか。

「分かっていないのか？　ここでまともに生活したいなら、最低でも魔術師の家系が条件だ。それこそ、貴族であることが望ましい」

「すまない。魔術師の常識にはまだ疎くてな」

「ま、せいぜい頑張れや。期待してるぜ、一般人《オーディナリー》よ」

彼らはスタスタと歩みを進めてしまう。

俺としては友人になりたいと思っていたが、これればかりは仕方がない。相手にその気がないのならば、無理強いするのも悪いというものだろう。

「ね、君さ……」

「ん？　何か用だろうか？」

ポツンと立っていると、ふと一人の女子生徒と目が合う。

「その、話し声が聞こえてきてさ……あ！　その前に自己紹介ね。私はアメリア＝ローズよ」

「ミス・ローズ。これはどうも。俺はレイ＝ホワイト。気安くレイで構わない」

「私もアメリアでいいわ。同じ新入生だしね」

「そうか。よろしく頼む、アメリア」

「さて、と。ここで立ち止まっているのも、よくないし。話しながら行きましょう」

「そうだな」

俺はアメリアと共に歩みを進める。

アメリア＝ローズ。

長い紅蓮《ぐれん》の髪が特徴的で、さらに灼《や》けるような緋色《ひいろ》の双眸《そうぼう》はどこまでも透き通ってお
り、肌も雪のように白く、純粋に綺麗《きれい》だと思った。

また、女子生徒の制服は赤を基調としていて、彼女のその容姿には良く似合っている。

それに見るからに活発そうなのはすぐに理解できた。

プロポーションもよく、女性にしては背が高い。俺が百八十センチ弱だから……百七十
センチはあるのか。

魔術の発達により、人はその体にも影響を受けるらしく、昔よりも平均身長は高くなっ
ている傾向にある。それを踏まえても、彼女は高い方だろう。

スラッとした身長もそうだが、何よりもその立ち振る舞いに気品というものを感じる。

そういえば、ローズという名前には聞き覚えがあるが……。

「この学院始まって以来の一般人《オーディナリー》らしいわね、あなた」

「そうだ。突然変異の一種らしくてな」

「へぇ……そうなんだ。これから困ったことがあったら、何でも相談してね」

彼女は先ほどの男子生徒たちとは異なり、俺のことを軽んじている様子は見られなかった。対等な人間としてみてくれている。そのように感じ取った。

「それは助かる。それにしても、ローズという名前には聞き覚えがあるが……もしかして、貴族の方だろうか？」

そう言うと、アメリアはその疑問に答えてくれる。

「えっと、その……貴族だけど、その中でも三大貴族の一つね。ローズ家は」

三大貴族。

存在自体は知っている。

魔術師の中でも最上位に位置する貴族であると。例外なく、その血族は優秀な魔術師になると耳にしている。

「なるほど。道理で高貴な雰囲気を纏《まと》っていると思った。是非、これから仲良くしてくれたら嬉《うれ》しい」

「レイって良《い》い意味でまっすぐね」

アメリアは優しく微笑《ほほえ》みを浮かべる。

すると、彼女は先程のことを聞いてきた。

「でもその……大丈夫？　さっきのことだけど……」

心配しているのか、その声音は真剣なものだった。

「挨拶は拒まれたが、別に大丈夫だと思うが。人によって相性があるのは当然だからな。

仕方がないだろう」

「レイが気にしていないならいいけど……くれぐれも気をつけてね」

「何がだ？」

「この学院は派閥争いが激しいの。それこそ、どの派閥に所属するかで卒業できるかどうかが決まるように。だから三大貴族は特に優遇されるらしいわ……自分で言うのもなんだけどさ。そんな事情だから、一般人《オーディナリー》のあなたはきっと……大変だと思う」

「そうか。それでも俺は、入学したからにはこの学院生活を謳歌《おうか》したいと思う」

正直に思っていることを言葉にする。それは虚勢などではなかった。

「前向きね。それとも能天気なだけかしら？」

「ふ……後者に一票だな」

少しだけ茶化したように話すと、アメリアは口元に手を持っていき微笑みを浮かべる。

「ふふ、何それ！　あはは。ちょっとあなたのこと気に入ったかも」

「そうか？　田舎から出てきて友人はまだいない。アメリアが学院での初の友人になってくれると助かる」

「そう言われると、ちょっと照れるけど……そうね。これから学友としてよろしくね」

「こちらこそ」

今度はしっかりと握手を交わす。

そうして俺たちはその後も適当に雑談を繰り広げながら、入学式が行われる講堂に向か

うのだった。

「ようこそ、アーノルド魔術学院へ」

講堂に入り、空いている席に適当に座ってしばらく時間が経過し……とうとう入学式が開始となった。アメリアとはすでに別れている。彼女は首席として学年代表の挨拶があるらしく、前の方の席にいる。

一方の俺は、真ん中付近の席にいる。

「さて。この魔術学院は世界でも最高峰のものだ。ここに入学しただけでも、君たちは魔術師としての才能がある。しかし……決して驕《おご》ってはならない」

そう語るのはこの学院の長である、アビー＝ガーネット。

オレンジ色をした長い艶《あで》やかな髪の毛が特徴的な人だ。

あまり魔術師の世界を知らない人間でも、その名前は知っている者が多いだろう。というのも彼女はこの世界の魔術師の頂点である、世界七大魔術師の一人だからだ。

世界七大魔術師。

魔術協会が定めた、世界の中でも七人しか存在しない魔術師の頂点。その名の通り、それは魔術の真髄を極めた者の総称。

世間では、七大魔術師と呼ぶのが一般的らしい。

魔術師にはランクが存在し、銅級《ブロンズ》→銀級《シルバー》→金級《ゴールド》→白金級《プラチナ》→聖級《グランド》となっている。その聖級《グランド》の頂点七人を、尊敬と畏怖を込めて世界七大魔術師と評する。

世界最高峰の魔術師。

それは皆が憧れ、そしてその頂きを目指そうとする場所。

魔術師になったからには、魔術の真髄を極めたいと思うのは至極当然。特に貴族はその傾向が強いらしい。

そして、アビー＝ガーネットの二つ名は……【灼熱《しゃくねつ》の魔術師】だ。

名前の通り、炎魔法を極めている彼女にぴったりな名前だ。

「魔術の真髄を極めようとする若者よ。努力せよ。それこそ、血の滲《にじ》むような努力を。自分には才能がないと嘆く者は必ず出てくる。だが能力とは、才能、努力、環境で成り立つものだ。いくら才能があろうとも、腐っていった魔術師を私は数多く見てきた。故に改めて、こう告げる。努力せよ、と」

そう締めくくって学院長の話は終わりを告げた。

彼女は理想を語りはしなかった。ただただ、現実を突きつけるだけ。でも魔術師とはそういうものだ。俺たちはそのような世界に足を踏み入れたのだと、自覚する必要がある。

学院長が壇上から下りていく際、チラッとこちらを見る。そして俺が軽く礼をすると、彼女はニヤッと笑う。

「それでは新入生代表、挨拶」

「はい」

凛《りん》とした声が講堂に響き渡る。

新品の制服だというのに、それは完全にアメリアに馴染《なじ》んでいた。彼女は俺と会った時と変わらずに背筋をしっかりと伸ばし、そのまま毅然《きぜん》とした様子で壇上へと登る。

そうしてアメリアはスッと息を吸って、その口を開いた。

「新入生代表、アメリア＝ローズです。由緒あるこのアーノルド魔術学院に入学できたことを誇りに思います。しかしここは始まりであり、到達点ではありません。私たちの行く先にはきっと、多くの困難が待ち受けていることでしょう。しかしここの生徒であるからには、その困難に立ち向かっていく所存です。先ほど学院長がおっしゃったように、血の滲むような努力を重ねて。それこそが、魔術を極めようとこの学院に入学した、私たちの使命なのですから――」

カリスマ性もあって、何よりもその話し方は妙に説得力がある。おそらく話す内容はあらかじめ暗記しているのだろうが、アドリブで学院長の話も取り入れた上で、上手《うま》く話を続けている。

別にこれは魔術師としての能力になんの関連性もないが、きっと彼女は人望のある魔術師になるのだろう。

そんな感想を俺は抱いた。

「さて、クラスは……」

入学式が終了し、次に向かうのは各自の教室。

俺は学院の門の前に張り出されている大きな紙を見つめる。そこにはズラッと生徒の名前が書いてあり、自分の名前を遠目から探す。

「……あった！　なるほど……Ａクラスか」

俺の名前は、Ａクラスにあった。ちなみに学年には二百人の生徒がいて、それが四十人ずつA～Eクラスまでにふり分けられている。それと他の生徒の名前を軽く確認したが、アメリアの名前もあった。

初めてできた学院の友人が同じクラスで、心底良かったと思う。

「…………」

そうして俺は教室に入る。座席はすでに黒板に、名前と共に書いてあった。俺は窓際の奥の席。一番後ろというのは何かと気が楽でいいのだが、一番前の席には彼女がいた。

「アメリア様、ご挨拶素晴らしかったです！」

「本当に私も素晴らしいと思いました！」

「流石《さすが》はあのローズ家の長女です！」

と、すでに彼女は囲まれていた。

でもその人気には納得だ。あの容姿に、カリスマ性。家柄も良いとくれば、それこそ人が集まるのも当然だろう。

さて俺も少し挨拶に行くか。

「アメリア、同じクラスになったようだな」

「レイ。そうね。良かったわ、あなたも同じクラスで」

その喧騒《けんそう》を裂くようにして、俺は彼女に挨拶をする。だが他の生徒は、こいつは誰だ？と言わんばかりの視線で俺を射抜いてくる。そしてその視線に好意がないことは流石の俺でも理解できた。

「時間だ。席につけ」

凛とした女性の声が教室内に響き渡る。

それと同時に立ち上がって談笑していた生徒たちは、蜘蛛《くも》の子を散らすように席に着席。俺もまた、同じように自分の席に戻る。

「さて。私は担任のヘレナ＝グレイディ。呼び方は、グレイ先生で構わない。そう呼ばれることが多いからな。さて、さっそく概要説明《ガイダンス》に入る」

黒髪のショートヘアーに、パリッとしたスーツ姿。

メイクもしっかりとされており、大人の女性の美しさが現れていた。

グレイ教諭か。

流石に、この学院の教員ということで雰囲気がある。

アーノルド魔術学院の教師とは、ただの教師ではない。

それは魔術の専門家《エキスパート》であり、教師というよりも、研究者としての側面の方が強いからだ。

「では、とりあえず自己紹介からいこう。そちらから頼む」

冷淡にそう告げるグレイ教諭。

俺は新しい友人を確保するために一人一人の名前をしっかりと聞く。

どこの家庭出身か、またはどこの貴族であるかなど、聞き漏らしがないように。

どうやら、貴族の生徒もそれなりにいるらしい。これは是非とも仲良くなっておきたい。交友の幅は大事だからな。

そうして最後にやってきたのは俺の順番だった。

もちろんここはしっかりと行う。

第一印象は、やはり大切だからな。

「レイ＝ホワイト。知っている人もいるかもしれないが、一般人《オーディナリー》出身だ。この学院始まって以来の一般人《オーディナリー》らしいが、魔術師として粉骨砕身、努力していく所存である。よろしく頼む」

しん、と静寂が広がった瞬間に少しだけクスクスと笑い声が聞こえた。

この反応もまた、仕方がないか……と納得する。

着席すると、グレイ教諭が話を続けて、今日のところは解散となった。

る。
　ということで、次に宿舎に向かう。
　この学院は全寮制だ。
　長期休暇の際は実家に帰ることもできるが、それ以外は基本的にこの学院での生活にな
　俺は案内を見て、少し離れた場所にある寮にやってきていた。
「うん……ここもでかいな」
　なにぶん、この学院の建物は大きい。それは学院に在籍する生徒の数ゆえに、だろう。
煉瓦《れんが》造りの建築物。それがこの規模で存在しているのは、流石に壮観だ。
　俺は中に入ると、張り出されている紙をじっと見つめる。
　そして自分の部屋となる場所を認識すると、そのまま迷うことなくそこに向かう。
「……失礼する」
　とりあえずノックをして、室内に入る。
　寮は基本的に一部屋二人で構成されており、誰かとペアになって生活することになる。
　またこの部屋は思ったよりも広く、二人で生活するには十分すぎるほどである。
「ん？　俺と同室はお前か。よろしくな」
　そしてちょうど目の間にいたのは、刈り上げた茶髪がよく似合っている男子生徒。俺よ
りも遥《はる》かに大きい体躯《たいく》で、少しばかり驚く。よく鍛えているのが一見しただけで分かる

身体《からだ》だ。

「こちらこそ、よろしく頼む。君は同じクラスのエヴィ＝アームストロングだな。よろしく、ミスター・アームストロング」

「エヴィでいいぜ。実は、レイのことは気に入っているんだぜ？」

気安く互いにファーストネームで呼び合う。どうやら気さくな人間なようだ。

「ほう。それは嬉しいが、どうしてだ？」

それにしても、アームストロングか……まさか、いや……きっとそうだろう。思えば、エヴィは彼によく似ている。

「俺は別に一般人《オーディナリー》だからって、貴族連中のように軽んじたりはしねぇ。むしろ、魔術師の家系でもないお前をすごいと思っているんだ」

「そうか。評価してくれて、嬉しく思う」

「おう！　俺は歓迎するぜ。これからよろしく頼む、レイ」

「あぁ。こちらこそ」

ガシッと握手を交わす。エヴィの手は分厚く、そして何よりも鍛錬しているのが改めてよくわかった。

彼のような人間もいるということで、少し安心した。

その後、その日は何事もなく、適当に雑談をしてから眠りについた。

「さて今日の授業だが、お前たち一年は基礎から学んでもらう。もちろんすでに魔術は使えるだろうが、確認だ。しかし、基礎を侮るな。たとえどれほどの魔術師……そうだな七大魔術師であっても、それは例外ではない」

次の日の最初の授業は、さっそく魔術に関するものだった。

「さてここで少し聞いてみるか。ローズ、魔術とはなんだ？」

「はい。魔術とは、第一質料《プリママテリア》を再構築する技術のことです」

「よろしい。その通りだ。では少し実演だ……」

《第一質料《プリママテリア》＝エンコーディング＝物資《マテリアル》コード》
《物資《マテリアル》コード＝ディコーディング》
《物質《マテリアル》コード＝プロセシング》
《エンボディメント＝物資《マテリアル》》

その処理を直感で感じ取ると、グレイ教諭の目の前には氷の薔薇《ばら》がコロン、と現れた。

「これが魔術だ。魔術とは、術理を元に生み出される理論的な現象である」

彼女のいう通り、魔術とは術理の上に成り立つものだ。

ただ、イメージしてなんとなく生み出す魔法とは違う。

そこには体系化された技術が存在している。

「さて。では、黒板にまとめる。魔術の根幹をなす、コード理論を」

The Theory of Code：コード理論

1 Encoding：コード化
2 Decoding：コード復元
3 Processing：処理
4 Embodiment：具現化

魔術発動プロセス
第一質料《プリママテリア》↓コード化↓コード復元↓処理↓具現化↓物質または現象。

「ざっとこんなものだ。エンコーディングでコード化した情報は、まだ余分なものが残っている。ディコーディングでそれを取り除き、改めてコードを整える。そして、そのコードを処理の過程に移行させる」

　ノートを取る生徒も多いようで、後ろから見れば皆が懸命に学んでいる様子がよく見えた。

「そして、第一質料《プリママテリア》を変換するときに使用するのが、コード理論だ。まず、コードとは情報の形態、内部表現形式のことであり、それを介することで魔術は発動する」

　俺はその話を聞いて、自分が過去に学んだことを思い出す。

『感覚ではない。魔術とは術理を元に行使せよ』とよく師匠に教えられたものだった。

「処理の過程でコードに情報を加えたり削ったりする。そして、最後に具現化だ。私が、氷と薔薇というコードを付け加えたのは処理の過程だ。まぁ、これは慣れとセンスだ。そして、最後に……自分で作り出したものは……」

　次の瞬間、グレイ教諭が手を触れることもなく突然、氷の薔薇が粉々に砕け散る。

　霧散した氷の破片はまるで雪のように、その場にパラパラと落ちていく。

「このように消し去ることも可能だ。以上が魔術の発動プロセスとその応用。他にもまだまだ技術や深い知識はあるが、今はここまでにしておこう。よし、それでは質問を許可する」

「はい先生」

「ローズか。いいだろう」

アメリアはスッと立ち上がると、澄んだ声で質問を投げかける。

「第一質料《プリママテリア》が再構築するものに制限はないのですか？」

「うむ。いい質問だ。厳密に言えば、制限はない。と言っても、それは本人の技量次第だがな。しかし、それを言うとキリがないから基本的なことを話そう。魔術は主に、物質または現象を生み出す技術だ。そして、その物質は四つの要素に分類できる。固体、液体、気体、そしてプラズマだ。何を生み出すにしても、この四つのどれかに辿り着く。それ以外だと、現象……ということになる」

「はい。ありがとうございました」

そうして次の生徒が手を上げて、教諭に質問をする。俺はその様子を黙って見つめていた。

なるほど。学校で学ぶとはこういうことなのか。

そして次の質問には、少しだけ俺は驚いてしまう。

「先生が先ほど使用したのは……対物質《アンチマテリアル》コードですか？　だからこそ、氷の薔薇が消えたのでしょうか」

「なるほど。その手の質問、出ると思ったが……答えはノーだ。私に対物質《アンチマテリアル》コードは使えない。二重コード理論についてはここでは扱わない」

二重コード理論。

それはコードには物質《マテリアル》コードというものが必ず付随するのだが、もう一つのコードである対物質《アンチマテリアル》コードが三年前に発見されたのだ。

エインズワースという天才研究者によって。

「エインズワースの二重コード理論は、ドクターレベルの内容だ。学生の時は理解しなくとも良い。それだけだ。以上で終わる。あとは実践してみることだな。知識を得て、実践する。これが全ての基本だ。では解散」

そういうと同時にチャイムがなり、グレイ教諭はそのままスタスタと外に出ていく。

「レイ、なかなか濃い授業だったな。理解できたか？」

エヴィが俺の元にやってきて、そう言ってくるが反応が遅れてしまう。

「…………」

「おい、どうかしたか？」

「すまない、エヴィ。ちょっと考え事をしていてな」

「なんだ？　大丈夫か？」

「あぁ。魔術の概論に関してはすでに理解している」

「そっか。それならいいが」

エインズワースの二重コード理論。

黒板に書かれたそれを、俺はじっと見つめ続けるのだった。

「さて、ここに集まった生徒は魔術剣士も卒業後に視野に入れている。そう思っていいね？」

午後の授業は選択制になっている。その中で俺は、魔術剣士の授業を選択。この中には見知った顔もいて、アメリアやそれに隣にはエヴィもいる。

現在は外の演習場に出てきていて、服装もまた軽装になっている。

「おっとその前に自己紹介だね。僕はエリオット＝アークライト。みんなにはライト先生と呼ばれているよ。魔術師としてのランクは、白金級《プラチナ》。よろしくね」

ニコリと微笑むその姿は、とても爽やかである。

「さて、魔術師と魔術剣士の違いはわかるかな？」

「はい」

「えっと、君は？」

スッと手を上げるのはアメリアだった。以前の授業に続き、彼女はとても模範的な生徒だと思った。

「アメリア＝ローズと申します」

「なるほど。君が今年の首席だね。それでは、違いの説明をお願いしようか」

「魔術師とは主に魔術を行使する者です。その一方で、魔術剣士は剣による戦闘に魔術を組み込む剣士のことです」

「では本質的には何が違うかな？」

「速度です」

　ノータイムでアメリアは答えた。その反応速度から、答えはすでに知っているようだ。

「いいね。続けて」

「魔術師は後方支援、大規模な魔術など術式構成に時間をかけることができます。一方で魔術剣士は速度が何よりも重要。何故《なぜ》ならば、超近接距離《クロスレンジ》の戦闘はリアルタイムの判断が求められるからです」

「パーフェクト。ミス・ローズの言うとおり、魔術剣士は速度が重要だ。それこそ一秒以下……ゼロコンマの世界で戦っていると言ってもいい。だからこそ君たちが初めに身につけるべきは、剣技の型と高速魔術《クイック》だ。さてここで、高速魔術《クイック》について説明しよう」

　ライト教官は生徒に少し距離を取るように言うと、まずは普通の魔術を行使する。

「まずはこれが普通の魔術……」

　すると彼の右手には、炎が燃え上がる。時間にしても二秒近くかかっているだろう。しかし、高速魔術《クイック》はその名の通り高速で魔術を使うことを示す。

「そしてこれが高速魔術《クイック》だ」

　瞬間、先ほどとは比べ物にならない速度で炎が燃え上がる。時間にして一秒にも達していない。出力は先ほどよりも劣るが、それでも十分なほどだった。

流石のその技量には生徒たちも「おぉ……」と感嘆の声を漏らす。

「高速魔術《クイック》のポイントは、コード理論を省略しないこと。例年の生徒を見ても、無理やり高速魔術《クイック》を使おうとして、まともに魔術が発動しない生徒がいる。大切なのは調整だね。感覚としては、出力を抑えるって感じだけど……イメージとしては、蛇口の水をゆっくりと細く流していく感じかな。では、みんなも実践してほしい」

生徒たちは一斉に高速魔術《クイック》の練習を始める。

すぐにできても出力が足らない者、逆に発動すらしない者。多種多様な生徒が数多くいた。

かく言う俺は……。

「おぉ！　レイは器用だな！」

「そうだな。これは嫌というほど教えられたからな……」

「ん？　誰にだ？」

「まぁ俺のことはいい。で、エヴィはどうなんだ？」

「俺か？　まぁ見てな！」

瞬く間にエヴィの手にも炎が舞い上がる。

魔術の構成要素は全てがコード理論に基づいているが、やはりそれでも理論を知っているのと、実際に使うというのではそれなりに隔《へだ》たりがある。

特に初めは、コード理論を意識せずに感覚でやってしまうことが多いので、俺はよく叱られていた。今となっては懐かしい思い出だ。

「実はこういう繊細なのも得意なんだぜ？」

「そうか。よく似ているな」

「なんの話だ？」

ポカンとした表情を浮かべるエヴィ。

「いや、なんでもない。忘れて欲しい」

二人でそう話していると、教官が俺たちの方へと向かってくる。

「二人はできたのかな？」

「はい。教官殿」

「えっと……その、君の名前は？」

「レイ＝ホワイトであります。教官殿」

当たり前の礼儀として、俺は敬礼をする。その後は手を後ろに組んで、少しだけ足元を開く姿勢を維持する。

「あぁ！　君が学院始まって以来の一般人《オーディナリー》出身の生徒だね」

「その通りであります」

相手が教官ということもあり、俺はしっかりとした態度で応じる。

「それにしてもなんと言うか……」

「なんでしょうか？」

「十五歳とは思えない振る舞いだね」

「恐縮であります」

それから先は、剣術の訓練になった。

全員が木刀を持って、各自相手と剣を交える。

一人の相手に対して時間は二分ほど。

それをローテーションして進めていく。初めは型の練習をすると思ったが、ライト教官は実戦を重視する人のようだ。

そして俺は、入学式に出会った彼と剣を交える番になる。

「おい、一般人《オーディナリー》」

「君は入学式の朝に出会ったな。確か同じクラスで……名前はアルバート＝アリウム。ミスター・アリウムと呼んでも？」

するど、彼は鼻で笑ってくる。明らかに俺のことを軽んじている様子だ。

「は、流石に貴族への礼儀はなっているようだな」

「そうだな。貴族に限らず、誰に対しても礼節は持っておきたいものだ」

「でもあれは失策だったな」

ニヤリと微笑むミスター・アリウム。

「あれ、とは？」

「三大貴族のアメリア＝ローズに取り入ろうとしたんだろう？　ま、気持ちはわからんでもないがな。でも一般人《オーディナリー》のお前には高嶺《たかね》の花だな」

そのような意図はない。どうやら彼は勘違いをしているようだ。

「取り入るとはどういう意味だろうか？」

「そのままの意味だ。お前はこの学院で後ろ盾がない。入る派閥も、何もかもがない。だから三大貴族に縋《すが》ったんだろう？」

「いやそれはない。そもそも俺はアメリアが三大貴族とは初めは知らなかったからな」

「は、戯《ざ》れたな。まぁいい。とりあえずは、相手してやるよ」

「よろしく頼む」

そして俺たちは、剣を交える。

「オラッ！」

「む……ッ！」

「これはどうだッ！」

「むむ……ッ！」

ミスター・アリウムはどうやら攻撃的な性格の持ち主なようだ。

今までの生徒ならば、少しはその剣の動きに迷いが出ていた。

それはたとえ木刀であろうとも、人に剣を向けるということに普通は怯《おび》えるものである。しかし、彼はそうではない。

流石は貴族といったところだろうか。剣筋も決して悪くはない。

俺はそんな彼の剣を真正面から受け止める。

いや、受け止めるだけではない。時には受け流し、その攻撃を全て捌《さば》いていく。

「……く、どうなってやがるッ⁉」

「……ミスター・アリウム。少し直線的だ。時折フェイントを混ぜるといいかもしれない」

「うるせえッ！」

さらにムキになってくるが、感情的になればなるほど人間というものは直線的になってしまう。

『魔術師は冷静に努めなければならない』、それは俺が教えられた教訓の一つである。

「はい。じゃあ次の人に交代で」

教官殿がそう告げると、俺は木刀を引いて彼に対して礼をする。

「いい練習になった。ありがとう」

「うるせぇよ。いい気になるなよ？　防御が得意だからって……」

「忠告、痛み入る。そうだな。俺もまだまだだ。精進したいと思う」

「は。勝手に言ってろ」

最後にそう告げて彼は次の相手の元に進んでいく。

学友と切磋琢磨《せっさたくま》する。

これは経験したことのないものだ。

正直言えば、この技術などはすでに習得しているが……せっかくこの学院に生徒として入学することができたのだ。

自分を見つめ直すという意味合いも込めて、また基礎からしっかりと積み上げていこうと思う。

それにしても、彼はどうやら俺のことを目の敵にしているようだが……それはまるで何かに駆り立てられているような……そんな印象を抱いた。


「さて、と。席は……」

本日の午後の授業は、魔術概論に出席してみることにした。

この教室は後ろにいけばいくほど席の位置が高く、先頭の列は一番低いところになっている。

今回の授業では友人も知人もいないので、一人で授業を受けようかと思っていた。

そう考えていると、先頭の方でポツンと座っている、フードを被《かぶ》った人物が目に入った。

これはいい機会だ。

同席できたらいいのだが。

「すまない。隣、いいだろうか」

「え……⁉　その……えっと、どうぞ……」

「ありがとう」

俺は持ってきたノートと教科書、それに筆記用具を机に置くと、隣にいる女子生徒に話しかける。

「俺の名前は、レイ＝ホワイト。突然の同席、許可してくれて嬉しく思う」

「あ……その……私は……エリサ＝グリフィスです……」

「なるほど。よろしく頼む、ミス・グリフィス。俺のことはレイで構わない」

「あ、その……私もエリサで……いいよ？」

「そうか。ならエリサ。改めてよろしく頼む」

「うん。こちらこそ……」

少したどたどしいが、しっかりと答えてくれる。しかしどこか自信がないようにも思える。

「あの……」

「なんだろうか」

「同じクラスですよね。レイくんは……」

「同じクラス？」

「はい……そうです」

「申し訳ない。俺としたことが、まだ全員の顔と名前を覚えきれていないようだ。謝罪する」

　素直に頭を下げる。

　あの自己紹介の際に全員分の顔と名前は把握していたつもりだったが……まだ全員は覚えきれていないようだった。

「え……!?　その、わざわざ謝らなくても……私、影が薄いですし……」

「そんなことはないだろう」

「え？」

「そのフードはよく目立つ。しかし、どうして被っているんだ？」

「それは……」

　止《や》むに止まれぬ事情があるのか。

　それとも別の何か、だろうか。

「あの……私はその……」

「言っても、大丈夫なのか？　言いたくないのなら、無理をしなくても」

「えっとその……ここで勇気出さないと、ダメだと……思うから」

　エリサはゆっくりとフードを下ろす。

すると、セミロングの髪が舞う。それは明るい青い色《ライトブルー》の髪で、絹のように美しい髪の毛だった。

　それに横目から見ても、彼女の顔立ちがよく整っているのがわかる。

綺麗に通った鼻に、程よく血色のいい唇。その双眸もまた、まつ毛が綺麗に上を向いていた。それはこれでもかと、彼女の大きな目を目立たせる。

その中で、俺はある一点に目がいった。

「エルフ？　いや、ハーフエルフだろうか……？」

「うん……私はお母さんがエルフなの」

「そうか。それでその耳か……」

「変、かな……？」

彼女の耳は少しだけ尖《とが》っていた。

俺はエルフに会ったことがあるが、彼らはもう少し耳が尖っていた気がする。その経験から、俺はハーフエルフと推測したのだ。

亜人と人間のハーフは近年珍しくはない。

特にエルフは魔術適性が高く、貴族の家柄はエルフとの混血の子どもを作ろうとしているのは有名な話だ。

そんなエリサは心配そうに俺を見つめている。

そして、思ったことをそのまま口にする。

「変ではないと思うが」

「だけど、昔はこのせいで……イジメられていたし……」

「俺は綺麗な耳で、それにとても美しい青色の髪の毛だと思う」

「え⁉　そ……そ、そう思う？」

「嘘《うそ》は言わない。エリサは美しいと思う」

「そっか……そう言ってもらえると、嬉しいかな。えへへ……」

彼女は儚《はかな》げにそう言った。

その後も話を続けていると、ある一冊の書籍が目に入る。どうやら教科書ではなく、エリサの持ち物のようだ。

「その本……」

「あ。ちょっと授業まで時間あるから、読んでたんだ……」

「エインズワースの魔術理論か」

その本には、そう書いてあった。

「うん……私ね、研究者に……なりたくて。憧れなの」

「二重コード理論を専攻するのか？」

「うん……コードにはとても興味があるの」

「ということは学院を卒業しても、先に進むのか」

「うん。ドクターまで進みたいと……思っているの」

学院を卒業した先の進路には、大学も存在している。

その中でも、大学で学士課程を終了し、さらには大学院に進む者もいる。

そこから先は、魔術を研究する世界が待っている。

その中でも、ドクターは最高峰の地位だ。目指す者はそれこそ、魔術研究に生涯を捧《ささ》げる。

そんな覚悟をこの歳《とし》でしているのは、素直に感嘆すべきことだ。

「素晴らしいな」

「え？」

「この年齢でそんな大きな目標があるなんて。俺は尊敬する」

「そんな私は別に……」

エリサは俯《うつむ》くが、そんなことはないと俺は思っている。

「いや、謙遜しなくてもいい。だが……なるほど。この学院は確かに選《え》りすぐりの人間が多いようだな」

「けど、貴族の人はもっとすごい、と思う……よ？」

「貴族か……だが、エルフの魔術適性もかなり高いだろう」

「私は落ちこぼれで、ね。魔術はあまり、上手くないの。知識は、少しはあるけど……」

「そうか……人には得手不得手があるのは当然だ。得意な部分を伸ばしていけばいいと思う」

そう考えを告げると、エリサは口元に手を持っていきクスッと笑う。

それは嘲笑《ちょうしょう》の類ではなく、純粋に心から楽しいと思われる笑いだった。

「ふふ……」

「どうした？」

「なんだかレイくんて、先生みたい」

緊張が解《ほぐ》れてきたのか、会話も少しだけ弾んでくる。

彼女と話していると、とても楽しいと思えるほどに。

「そうか？」

「うん。同い年には……思えないかな？」

「そうか。しかし実はそれ、よく言われる」

「ふふ。そうなの？」

やはり、先ほどよりも距離感が近くなっているように感じる。

そして俺は、彼女にこう告げた。

「さて、改めてだが、俺と友人にならないか？」

「友だち……だけど私は、今まで友達もいなくて。その……よく分からないけど……」

「俺もしっかりと良く分かっているわけではない。だがエリサと仲良くなれたら嬉しい」

俺はスッと手を伸ばす。

そうして恐る恐る彼女も手を伸ばすと、俺の手を握り返してくる。

薄くて、冷たい手だ。

だが彼女は自分の意志で俺と友人になると決めてくれた。それが何よりも嬉しかった。

「これからよろしく頼む」

「うん……こちらこそ……」

その後、すぐに教諭が来てそのまま授業となった。

俺たちは隣り合ったまま、真面目に授業を受けるのだった。

「ではエリサ。これで失礼する」

「う、うん……」

「また一緒に授業を受けてもいいだろうか？」

「え……その、私なんかでいいの？」

上目遣いで、俺の様子を窺《うかが》うようにして見つめてくるエリサ。

もちろんその言葉を否定するわけがない。

「むしろ、こちらからお願いをしているんだ。エリサは博識で話していると、とても勉強になる」

「そ、そっか……私もレイくんとお話しできて楽しかったよ。また一緒に受けようね」

「もちろん！」

そしてエリサと別れた俺は、ある場所を目指していた。

目的の場所にたどり着くと、コンコンコンとノックをする。

「レイ＝ホワイトです」

「入って構わない」

「失礼します」

俺はそっと扉を開けて、そのまま中に入る。

目の前にいるのは七大魔術師が一人、アビー=ガーネットその人である。つまりここは学院長室であり、俺は密《ひそ》かに呼び出しを受けて、この場に立っている。

彼女は椅子に座っており、後ろから差す夕焼けの光が、そのオレンジ色の髪を照らしつける。


「やぁ、レイ。久しぶりだな」

「お久しぶりであります。大佐殿」

「よしてくれ。私はもう、退役の身だ。それに君も……っと、これは詮無いことだな」

「失礼しました。ではなんとお呼びしても？」

「……アビーちゃん、でどうかな？」

「は。では、アビーちゃんとお呼びいたします。これからよろしくお願いします。アビーちゃん」

真面目な顔つきで──もちろん冗談なのだが──俺は彼女にそう言ってみた。

すると、大きな声で笑い始める。

「……ふ。ははは！　もちろん、冗談さ！　相変わらずだな、レイ」

「懐かしいものですね。このやり取りも。ではそうですね……アビーさん、でいかがでしょうか？」

「いい響きだ。しかし君に大佐と呼ばれないとは、少し寂しいがね……だが、仕方のないことだ」

そうは言うが、アビーさんはどこか嬉しそうだった。

そして俺は話題を変える。

「これからは後進の育成に力を注ぐのですか？」

「そうだな。とはいえ、まだ現役の七大魔術師だからな。やることは他にもある」

「また戦地に赴かれるのですか？」

「可能性はある。最前線での戦いはないだろうが、な。しかし、それは君も同じだろう、レイ＝ホワイト。私なんかよりも、極東戦役では成果をあげたではないか」

「いえ。私の場合は少佐が……いえ、師匠がいましたから」

「そうか……だが、あの幼いレイが【冰剣の魔術師】を継ぐとは。時間が早く経過するのも、当然だな」

確かにそうだ。

アビーさんとは幼い頃からの付き合いであり、思えば時間が経過するのは本当に早いものだ。

「アビーさんは当時から変わらぬまま、美しいです」

「ははは。あいつの教育の賜物《たまもの》か？」

「はい。そうですね」

「ふふ……そうか。いやはや、懐かしいものだ。あの戦場は地獄そのものだった。だが、レイを含め、仲間がいたからこそ、ここまで生き残ることができたと言うものだ」

「自分もそう思います」

アビーさんはそこから、話をさらに別のものに切り替える。

「さて……昔話もいいが、少し依頼がある」

「謹んでお受けいたします。アビーさんには入学の際に便宜を図ってもらったので」

「別にそれと交換条件というわけではないのだがね……」

アビーさんはポケットの中から一枚の封筒を取り出し、俺に向かって渡してくる。

「拝見させていただきます」

目を通す。

すぐに理解すると、それを彼女に返す。

「なるほど。アーノルド王国に帝国の密偵の可能性あり……ですか」

「そうだ。この学院の中に潜伏している可能性もある。もちろん教員には通達してあるが、レイも何か分かれば教えて欲しい」

「了解いたしました。して、発見した場合は生かして捕えるのがよろしいでしょうか？」

「そうだな。間違っても殺すと面倒だ。なにぶん、色々と問題があるからな」

あの戦場と違って、今は学生という立場。それにアビーさんの言う通り、色々と問題もあるようだ。不用意な行動は控えるべきだろう。

「それは十分に理解しております」

「ではよろしく頼む。それとこれは別件だが、どうだね。学院での生活は」

「非常に満足しております。学友にも恵まれているようで」

「そうか……あの約束を果たせたようで良かった。ここでしっかりと養生してくれ」

アビーさんは優しい声音でそう言葉にした。

「はい。ここでまた、一から自らを見つめ直そうと思う次第です」

「ふふ。堅いな、相変わらず。だがそれが君の魅力だ。ではまた会おう、レイ」

「それでは、失礼します」

丁寧に一礼をして、俺は部屋から去っていく。

アビーさんとこうして学院で話しているのは、どこか不思議な気分だった……学生も悪くはないと俺は思い始めていた。

◇

世界七大魔術師。

それは聖級《グランド》に至る魔術師の中でも、上位七人を総称した呼び名である。

聖級《グランド》の魔術師という地位は、化け物の巣窟である。そこはもはや、人の領域を外れている。

その話を師匠に嫌というほど聞かされた。

俺の師匠は女性である。

金髪碧眼《へきがん》。

その容姿は十人中十人が振り向くほどだ。

俺もはじめ見たときは天使がこの世界に降臨したと勘違いしたほどだ。

でも師匠と暮らし始めて知った。

彼女はかなりズボラで掃除もしないし、料理もしない。

家事のスキルは完全に終わっている。

作る料理といえば、揚げられた謎の塊である。曰《いわ》く、「揚げればなんでも美味《うま》い」とのことだった。

そういうわけもあり、俺は家事全般を全て一人でやっていた。

そうしていつものように掃除をしていると、唐突に師匠が話しかけてくる。

「レイ。聖級《グランド》の魔術師になるにはどうしたらいいと思う？」

「簡単です。条件は聖級《せいきゅう》魔術が扱えること」

そう答えると、師匠は人が悪そうな笑みをニヤリと浮かべる。

「その通りだ。他の階級と異なり、面倒な試験など必要はない。筆記試験、実技試験、魔術協会の定めたそんなものはどうでもいい。ただ純粋に、魔の術《すべ》を極めればいい。それだけだ。聖級《グランド》とはいうが、実際はおかしな連中の巣窟だ。知っているか？　年に数回、聖級《グランド》の魔術師には招待状が送られてくる。それは魔術協会でのパーティーとかなんとかだが、行く者はほとんどいない。奴《やつ》らに外向性などない。あるのは、魔術の真理を探求するという望みのみだ」

どこか遠くを見据えながら、師匠は語る。

「でも師匠も……聖級《グランド》の魔術師ではないですか？」

「私はちゃんと行っているからな、パーティーに。例外だ」

「でもこの間は、それは無料《ただ》で飯が食えるからって……」

「このアホ！」

「痛っ！　何するんですか！」

バシッと頭を叩《たた》かれる。この人は子どもにも容赦がない。

訓練の際も、いつもボコボコにされているのがいい証拠だ。

「いいか。聖級《グランド》の魔術師になるのなら、細かいことは気にするな」

「……はぁ」

「レイ、覚えておけ。お前が進むのは、そういう道なんだ」

「はい……」

「さてここでさらに質問だ」

「なんでしょうか」

「【氷剣の魔術師】の本質は何だ？」

もちろん、その答えは知っていると。

この時はそう思っていた。そして俺は、その答えを当然のように伝える。

「氷魔術でしょう。師匠はそれに長《た》けているではないですか」

「このアホ！」

再び俺は頭を叩かれる。

「痛っ！」

「私がホイホイと真髄を見せるとでも思っているのか？」

「えぇ……理不尽すぎる……」

この人はいつもそうだ。

何事にも理不尽。

言っていることがすぐに矛盾するのは当たり前。

俺がそれを指摘すると、頭をバシッと軽く叩かれる。

避《よ》けようと試みるのだが、避けられた試しはない。

【氷剣の魔術師】。文字通り、それは氷の剣を使うことに長けている魔術師だ。しかしそれと同時に、その本質は別のところにある。そもそも、馬鹿正直に自分の本質を語る魔術師はいない。その名前には必ず意味がある。表面上ではわからない、何かがな……」

「それはなんですか……？」

分からないので、正直に聞いてみることにした。

「――感じ取れ」

「え？」

「お前がこれから知っていくんだ。魔術の本質とは何か、そして魔術師とは何か、をな」

「……そうですか」

時折こうして目が覚めるようなことも言ってくるのが、俺の師匠だ。

そうして俺は師匠である、リディア＝エインズワースの言葉をしっかりと受け止めるのだった。


「朝か……」

懐かしい夢を見ていた気がする。でも今となっては、どんな夢を見ていたのかあまり覚えていない。

「ぐ……ぐううぅぉお……おおおおお……」

エヴィのイビキはかなりうるさいが、もう慣れてしまった。

現在の時刻は朝の五時。実際のところ、七時に起きれば余裕で授業には間に合う。それは朝食を含めてもだ。だが俺は、すでにこの時間に起きるのは習慣になっている。

「よし……」

着替えるのは制服ではない。

運動しやすいように軽装に着替える。そして軽くストレッチをすると、そのまま寮を出る。

季節はもう春になっていて、日が出るのも少しだけ早くなっている。

俺はそうして、外に出るとランニングを始める。

この学院をランニングついでに改めて見たいと思っていたからだ。

「はっ……はっ……はっ……」

学院の中を走っていく。

ここは土地が広いということもあり、ランニングするには丁度いい場所だった。

ただ無心になって走り続ける。

すると視界の中に、女子生徒の姿が見えた。

こんな朝早くからどうしたのだろうと思うが、話しかけるほどでもないと考えそのまま通り過ぎようとするが……。

「あら？　こんなに朝早くから、すごいですね」

ゆっくりとスピードを落として彼女の前に立ち止まる。

真っ黒な髪はとても艶やかだった。

それこそ、光の反射で綺麗な輪が見えるほどに。

また、右目の下の泣きぼくろがとても魅力的だった。話し方もおっとりとしていて、それが妙にマッチしている。

プロポーションも抜群だ。あまりまじまじと見ては失礼だが、その豊満な胸と腰つきには少しだけ目がいってしまう。

そしてその雰囲気から先輩と判断した俺は、敬語で対応する。

「新入生の方ですか？」

「はい。レイ＝ホワイトと申します」

「あら。あなたがあの……」

「自分をご存知なのですか？」

噂はどうやら、上級生にまで広がっているようだ。

「ええ。学院始まって以来の、一般人《オーディナリー》出身。とても有名ですよ？」

「恐縮です」

「………」

「何か？」

じっと見つめてくるので、俺は思わずそう尋ねてしまう。

「いえ。わざとそう話していると思いましたが……違うみたいですね」

「何か失礼をしましたでしょうか？」

「いえいえ。そんなことはありません。とても丁寧ですよ。感心しますね」

「ありがとうございます」

そして、彼女はパンッと手を叩くと、こう言った。

「そうでした。自己紹介がまだですね。私はレベッカ＝ブラッドリィと言います。是非、レベッカとお呼びください」

「分かりました、レベッカ先輩。自分のこともレイとお呼び下さい」

「はい。よろしくお願いしますね、レイさん」

美しい人だ。

それに美人であることに加えて、どこか上品さも兼ね備えている。

「それにしても、私の名前を聞くと驚く人が多いのですが……レイさんはそうではないみたいですね」

その言葉を聞いて、俺はアメリアと会話をした時を思い出した。

上品な雰囲気から、ある可能性が脳内に浮かぶ。

「……もしかして、レベッカ先輩は三大貴族のお一人でしょうか？」

「はい。三大貴族であるブラッドリィ家の長女です」

「なるほど！　アメリアと同じなのですね」

「そうですね。アメリアさんのローズ家と同じですね」

「それで……確か、もう一つは——」

そしてレベッカ先輩は、俺の声に被せるようにして教えてくれる。

「オルグレン家ですね。ローズ家、ブラッドリィ家、オルグレン家。この三つが三大貴族と呼ばれています」

「勉強になります。それに先輩は美しいだけでなく、とても上品です。やはり自分の目は正しかったようです」

「そ、そうですか？」

指元を忙《せわ》しなく動かし、上目使いで見上げてくる先輩。

「はい。その気品のある振る舞いから、きっと貴族の方なのだろうと思っていました」

「その……ありがとうございます。正面からこうして真面目に言われるのは、恥ずかしいですね。あはは」

レベッカ先輩の顔は少しだけ朱色が差していた。

そんな姿もまた、どこか麗しい。

やはり貴族とは立ち振る舞いも違うのだなと、感心する。

「レイさんは、とてもしっかりしていますね。後輩とは思えないほどに」

「ありがとうございます。そういえば、レベッカ先輩は何年生なのですか？」

「私は三年生です。最上級生と思いましたか？」

「はい。四年生かと」

「それ、よく言われます。ふふ」

先輩はどこか嬉しそうに、微笑む。

それといま言ったように、この学院は四年制だ。

といっても、ストレートで上がれるとも限らないと聞いている。

「あら、もうこんな時間ですか」

彼女はそう言って、腕時計を見た。

「では私はこれで。さようなら、レイさん。また機会があれば」

「はい。失礼します」

そのまま寮の方へ歩みを進める先輩。

一方の俺は、ランニングを再開するのだった。


「さて今日は、魔術の基本的な派生に関して話そう。もちろん、すでに知っている生徒も多いと思うが」

今は、魔術概論の授業の最中。

担当教諭はグレイ教諭だ。

「さてここは……ホワイト。魔術の基本技能を説明できるか？」

「了解しました。グレイ教諭」

指名されたので、俺は席から立ち上がってその問いに答える。

「魔術は主に、下級魔術、中級魔術、上級魔術、聖級《せいきゅう》魔術に分類されます。またさらにそこから、高速《クイック》魔術、遠隔《リモート》魔術、連鎖《チェイン》魔術、遅延《ディレイ》魔術、物資変化《マテリアルシフト》、大規模《エクステンシブ》魔術、大規模連鎖《エクステンシブチェイン》魔術に分類されます」

「ホワイトの言う通りだ。よく勉強している」

「恐縮です」

その言葉と同時に俺は着席する。

「今言ったように、魔術にはこれだけの派生がある。例えば、下級魔術である火球《ファイヤーボール》を使うとしよう。これを発動する際には、もちろんコード理論に従うのだが、処理の段階でどの方法で発動させるかは異なってくる。速度を重視して高速《クイック》魔術を使うか、それとも意表をつくために遠隔《リモート》魔術を使うこともできるな。それに連鎖《チェイン》魔術を使って、その数を増やしてもいいし、遅延《ディレイ》魔術でその発動をあえて遅延することも可能だ。このように、今までの魔法というものでは、これらの技術は成し得なかったわけだ」

グレイ教諭の言う通り、魔術はコード理論によって大幅に進化した。

今まではただイメージするだけで発動する魔法という現象が暴かれ、そこに術理が生まれた。

人間はその中に意味を付け加えた。同じ発動する魔術でも、いま言ったようにかなりの派生が生まれるようになったのだ。

高速魔術《クイック》は以前授業でやったように発動を速める魔術。

遠隔魔術《リモート》は魔術の発動位置を通常よりも遠くにする魔術。

これは中々に厄介で、普通魔術とは座標指定などしなくても大体は目の前に出現する。

それは無意識のうちに俺たちがそう指定しているからだ。

だが、遠隔魔術《リモート》は空間を三次元的に捉えた上で任意の場所に魔術を発動させなければならない。なかなか難易度の高い魔術である。慣れてしまえば高速魔術《クイック》との組み合わせも可能だ。

連鎖魔術《チェイン》は、コードを複数回、重ねることで連鎖するように発動する魔術。

連鎖する数はその魔術師の技量にもよる。

五つが限界の者もいれば、百程度出せる者もいる。それこそ、魔術師次第である。

遅延魔術《ディレイ》は遅延する魔術。

これは地雷のような役割を果たす魔術だ。

発動する条件はそれこそ、任意に設定できる。振動によって発動するものもあれば、時間やその他の条件をコードに付け加えるものもある。

このように魔術とは、コード理論の体系化によって大きく変化した。それによって魔術は生活に欠かせないものとなり、今に至るというわけだ。

「では軽く実践しようか。今回行うのは、物資変化《マテリアルシフト》だ」

グレイ教諭がそういうと、彼女の目の前に水が出現。それはそのまま重力に従って、床に落ちると思われたが……違った。

その水はそのままパキパキと音を立てながら、氷へと変化していく。そうして教卓の上には氷の柱が出来上がっていた。

「なるほど。これはなかなか凄《すご》いな……」

ボソリと俺は呟《つぶや》く。

その速度はほぼ高速魔術《クイック》に匹敵するだろう。

だというのに、無駄がないし構成物質が崩壊することもない。

技量がない魔術師が物資変化《マテリアルシフト》を使うと中途半端な結果——例えば水と氷が混ざるなど——になることもあるのだがそれが全くない。

流石は、アーノルド魔術学院の教諭ということか。

と、俺はその技量に感嘆する。

淀《よど》みがないのだ。

「このように物質はコード理論に物資変化《マテリアルシフト》という処理を加えれば、変化させることも可能だ。では軽く実践するか。全員、演習場に移動だ」

俺たちは物資変化《マテリアルシフト》の実践のために外の演習場へと赴く。

「これ苦手なんだよなぁ……」

「そうなのか、エヴィ？」

「昔からしっくりこなくてなぁ……」

「大丈夫だ。何事も反復と練習。それに尽きる」

そうして演習場にやってきた俺たちは、そのまま物資変化《マテリアルシフト》の練習を開始。

「よし。それでは各自、始めていいぞ」


その言葉を聞いて、次々と生徒が実践するが……中々上手くはいかない。

この技術はそれなりの技量がないと上手く扱うことができないからだ。

しかし、何事にも例外というものは存在する。

現在、全員の目はある一人の生徒に注がれていた。

「うむ。ローズは流石だな」

「ありがとうございます」

三大貴族であるアメリアの技量は誰もが知りたいところだ。

そうして彼女は大衆に見られるというプレッシャーの中で、いとも簡単にそれを成し遂げた。

大量の水を生み出すと、それを一気に氷へと物資変化《マテリアルシフト》させていった。

だが特筆すべきはその物質変化《マテリアルシフト》の技量だけではない。彼女の目の前にある氷は、小さな木の形を成していた。

それが何を意味するのか、分からない者はいないだろう。

つまりアメリアは、発動した魔術の中に木を形成するコードを、処理の過程で組み込むほどの余裕があるのだ。

「……なるほど、アメリアは魔術容量《キャパシティ》が大きいんだな」

「ん？　レイ、それはどういうことだ？」

独り言のつもりだったがエヴィが反応してくるので、俺は解説をすることにした。

「魔術を使用する際にコードを走らせるのは当然だろう？」

「そうだな」

エヴィは腕を組んで、大きく頷《うなず》く。

「もちろん、脳内で処理されるコードは個人によって違う。その中でも、多くの第一質料《プリママテリア》を取り込み、コードに多くの情報形式を組み込めることを魔術容量《キャパシティ》が大きいと言う。略して容量《キャパ》が大きい、ともいうがな」

「へぇ～。そうなのか。レイは物知りだな」

「知識はあって困ることはないからな」

とまぁ、蘊蓄《うんちく》を垂れ流している場合ではない。

俺もやってみる必要があるな。
そうして俺はコードを脳内で走らせる。
《第一質料《プリママテリア》＝エンコーディング》
《エンコーディング＝物質《マテリアル》コード》
《物資《マテリアル》コード＝ディコーディング》
《物質《マテリアル》コード＝プロセシング》
《エンボディメント＝物資《マテリアル》》
第一質料《プリママテリア》が水という液体に変換され、そこから氷を成形しようとするが……上手くいかなかった。
バシャ、と目の前に水が滴り地面に吸収されていく。
「レイ、俺はできたぜ！　ちょっと不恰好《ぶかっこう》だけどな……って、あれ？　どうした？」
「うむ。上手くいかない」
「もう一度挑戦してみたらどうだ？」
「そうだな。何事も反復と練習だからな」
それから幾度となく魔術を発動するも、目の前にはただ水溜《みずたま》りができるだけだった。そうして他の生徒が成功させていく中で、俺だけが残ってしまう。

「ふむ。時間だな。ホワイトは……これからしっかりと練習しておけ。人には向き不向きもあるが、これは基礎だ。しっかりとな」

「了解しました」

授業が終了して、全員が校舎へと戻っていく。

そんな中、俺は視線を感じていた。中にはクスクスと笑う者もいるようだった。

──今の状態では、物資変化《マテリアルシフト》も難しいか。これは今後の課題だな。

そう結論づけて、そのまま歩いていくと、目の前にスッとミスター・アリウムとその取り巻きが現れる。

「よう。一般人《オーディナリー》」

「ミスター・アリウム。今日もいい授業だったたな」

「ははは！　お前は物資変化《マテリアルシフト》程度もできなかったようだなぁ？」

「そうだな。もっと精進したいと思っている」

「ククク、とうとう化けの皮が剝がれたな……進級できるといいなぁ、一般人《オーディナリー》」

その表情は明らかに俺を下に見ているものだった。俺はそれに対して、毅然とした対応をする。

しかしやはり……彼には何かあるように思えた。俺を目の敵にする何かが。

「うむ。留年は俺も避けたいところだ。特に退学などしては目も当てられないからな」

「そうだよなぁ……そこで、俺から一つ提案がある。悪いものじゃないぜ？」

「なんだろうか」

「俺たちの奴隷になるなら、派閥に入れてやってもいい。先輩たちも色々と便宜を図ってくれるぜ？　留年は最悪でも避けられるだろうな」

「なるほど。魅力的な提案だが、奴隷とはどういう意味だろうか？」

「はぁ？　そのままの意味に決まっているだろう」

彼が意味していることは理解した。

もちろんそれを受け入れるわけにはいかない。

「なるほど。では却下だな。王国に限らず、奴隷制は数百年前に終わりを迎えている。その提案を承諾するわけにはいかない」

「ははは！　聞いたか、お前ら！　これは最高に笑えるなぁ！」

両手を広げ、敢《あ》えて周囲に聞こえるように声を上げる。

「何かおかしいだろうか」

「いいよお前。いい性格してるぜ。でもな、一つ言っておく。魔術の世界は才能だ。その血が全てを決める。血統なんだよ、血統。一般人《オーディナリー》にはここはお似合いじゃない。大人しく田舎に帰るんだな」

「それは無理な話だ。ここに入学したからには、卒業したいと思っているからな。それに才能は重要な要因ではあるが、他にも大切なことはあると思う」

「は。言ってろ、雑魚。じゃあな」

そう言ってニヤニヤと笑いながら、彼らは去っていく。

ミスター・アリウム。彼は何かと俺に絡んでくる。それはただ自分の才能を誇示したいのか、それとも俺に対して何か思うところがあるのか……それは、今の段階では分からなかった。

しかし、どこか無理をしているような……そんな感じもする。

そうして翌日から俺は、こう囁《ささや》かれるようになる。


枯れた魔術師《ウィザード》、と。


それはダブルミーニングになっている。

【魔術師】を示す名詞の【ウィザード】と、【枯れた】という形容詞を示す【ウィザード】の意味を含めてのものだ。

だが示したいのは、枯れているという点だろう。

ろくに魔術も使えない、すでに枯れている魔術師。

その蔑称を俺は背負うことになるのだった。

# 第二章　枯れた魔術師

「ねぇ見て。あれが……」

「うん……そうだね」

「枯れた魔術師《ウィザード》……」

「物資変化《マテリアルシフト》も出来ないらしいよ？」

「まじ？　いよいよ本当の落ちこぼれじゃん」

「ま、これが一般人《オーディナリー》の限界かもね。でも良く頑張ったと思うよ。ここに入学できただけでさ」

「それ、裏口って噂《うわさ》あるらしいよ？」

「ええ……？　いよいよ本当にやばいやつじゃん」

朝。寮から歩いていると、そんな声が耳に入ってくる。

そして教室に向かっていると、後ろからタタタと走ってくる音が耳に入る。

振り返ると、そこにいたのはアメリアだった。

「レイ！」

「アメリアか。おはよう。今日もいい天気だな」

「そうね……って、そんな場合じゃないでしょ！」

「うおっ……どうした、そんな大声を出して」

怒っているのは、その顔を見れば容易に理解できた。

「知らないの⁉　枯れた魔術師《ウィザード》って馬鹿にされてるんだよ！」

「もちろん耳に入っている。いやぁ……そのネーミングセンスには脱帽だな。まさかのダブルミーニング。きっと付けた人間はセンスに溢《あふ》れているに違いない。素直に賞賛だな」

「いやいや！　脱帽して、賞賛してどうするの！　悔しくないの！」

「どうして君がそこまで熱くなる？　当事者でもないのに」

「だってそんな……こんな差別みたいなの……許せないじゃない……」

アメリアは下を向いて、ぼそりと呟《つぶや》く。

俺は今まで大人と接することが多かった。それこそ人間関係でも色々とあったし、こんなものが可愛《かわい》いと思えるほどの環境にいたこともある。

だからこそ、ただ言われるだけならどうということはないのだが……。

——そうか。アメリアは正義感の強い、とてもいい人間のようだ。

「そうだな。しかし俺の立場上、仕方がないことだとは思う。それに魔術がうまく使えないのも事実だ」

「そう。そうだけどさ……そんな理屈で割り切れないじゃない！」

「大丈夫だ、アメリア。みんなきっと俺のことが珍しいだけだろう。それに人の噂も七十五日。すぐに収まるさ」

「……悔しくないの？」

上目遣いでじっと射抜いてくる。そこには確かな怒りが見て取れた。もちろんそれは、俺に向かってではない。

義憤。

その一言に尽きる。

「そうだな……軽んじられるのも全く何も思わないことはないが……先ほども言ったが、仕方がない。今の俺にはそれほど高い魔術の技能はない。だが、それをバネに努力を重ねればいい。そうだろう？」

「はぁ。そうだけど……あなたって、本当に大物ね」

「褒め言葉として受け取っておこう」

その後はアメリアと並んで教室に向かったが、やはり降り注ぐ視線はそれなりに厳しいものだった。

「よ、レイ。飯行こうぜ」

「エヴィ。そうだな」

午前の授業も終了し、俺たちは学食へと向かう。

すでに何度か利用しているが、ここの学食は本当に美味《うま》い。

俺が今まで食べていたものは何だったのか……というほどに美味い。

流石《さすが》は世界最高峰の魔術学院。

環境的な面でのサポートもかなり充実しているようだった。

「なぁレイ」

「ん？　どうした？」

学食に行き、まずは席を取った。

その後、食事を窓口でもらうと俺たちは席に戻って食べ始める。今回は互いに、カレーライスを選択した。

そんな矢先、エヴィが尋ねてくる。

「あの噂だけどよ」

「枯れた魔術師《ウィザード》か」

はっきりと告げると、エヴィは心配そうに見つめてくる。

「……大丈夫なのか？」

「精神的な問題はない。ただ……」

「ただ？」

「暴力などで来られると困るな」

口で言われることは別にそれほど気にしないが、俺としてもそうなると対応に困ってしまうだろう。

「それは流石に……ないと思うが……暴力沙汰は最悪退学だ。枯れた魔術師《ウィザード》とかほざいている連中にそこまでの気概はないと思うぜ？」

「そうか。それなら構わない。口で言われるだけなら、実害はないからな」

「何というか……」

「どうした？」

「お前って、大人びているというか……ちょっと同世代的な思考じゃないよな」

「うむ。そうだな……」

スプーンを置いて、考える。

確かに俺は変わっている、同い年と思えない、と言われている。

その原因は分かりきっている。

それは俺の育った環境にある。

普通の魔術師の家庭に生まれ、魔術師になるべく育てられたわけでもない。

俺が魔術を使うようになった理由は、きっとここにいる生徒と同じではない。

しかし、これはある程度予想の範疇《はんちゅう》の話だった。

いきなりこのような状況に放り込まれれば流石に慌てるが、俺の場合はそうではなかった。

「レイ。学院に入学する際に、注意点がある」

「何でしょうか。大佐殿」

これは極東戦役が終了してから、学院に入学することが決まった時に、アビーさんと話した内容である。

「君の出身は、一般人《オーディナリー》だ」

「心得ております」

「戦場では家柄など関係ない。強い魔術師が生き残り、弱い魔術師が死ぬ。それだけだからだ。でもな、君が行こうとする場所は家柄が何よりも重要視される」

「勉強になります」

師匠もそうだが、アビーさんはいつも俺に大切なことを教えてくれる。そのため、その言葉に真剣に耳を傾ける。

「貴族連中は特にその傾向が強くてな。私も昔、苦労した記憶がある」

「大佐が苦労……ですか。人間関係とは難しいものですね」

「そうだ。学院では多くの同世代の魔術師と絡むことになるだろう。だからこそ、きっとお前もまた色々と苦労すると思うが」

「は。ご忠告、感謝いたします」

「……まぁそれは案外、杞憂《きゆう》かもな」

彼女は前もって、俺に対して忠告をしてくれていたのだ。

そのため、今回のようなケースになっても、彼女の言う通りになったな……くらいの認識しかない。

それに、この話題もきっといつかは尽きるだろう。

同じ話題をずっと続けるほど、人間は我慢強くはない。この世は有為転変。常に変化するものだからだ。

「でも、ともかくやばい時は言えよ？　その時は力になるぜ」

「……ふ、俺は本当にいい学友に恵まれたようだ」

「へへ。照れるな。でも、当然のことだろ？　ダチが困ってたら助けるのは当然だぜ」

「あぁ。その通りだ」

二人でそう話していると、視線を感じるが……それは侮蔑、軽蔑の類ではないことを悟った。

何か遠目から探っているような、迷っているような視線。俺はそちらに目を向けると、立っていたのはエリサだった。

「エリサじゃないか。一緒にどうだ？」

「え……いいの？　でも二人で楽しそうに……話してるし……」

「エヴィ。いいだろう？」

「もちろんだ。俺は気にしないぜ？」

「そ、それじゃあ……お邪魔します……」

トレーを持ってゆっくりとこちらに歩いてきて、空いている席に座るエリサ。そうして彼女はニコリと微笑《ほほえ》む。

「その……二人とも……ありがと……」

「構わない。学友との食事の時間は大切だからな」

「そうだぜ！　おっと俺は自己紹介がまだだな。エヴィ＝アームストロングだ。エヴィでいいぜ？」

「私は……エリサ＝グリフィス……です。私も……エリサで……いいよ？」

「おう。よろしくな、エリサ」

「よ、よろしく……エヴィくん……」

と、二人は握手をして自己紹介を終える。

「その……なんのお話をしていた……の？」

「ん？　俺が枯れた魔術師《ウィザード》と呼ばれていることだ。蔑称にしても、ウィットに富んでいると思わないか？」

「え……その……いや、でも……レイくん、バカにされているんでしょう？　私も気持ち……わかるから……その、大丈夫なの？」

エリサもまた心配してくれている。こうして心配してくれる友人がいるだけでも、きっと俺は恵まれているのだろう。

「大丈夫だ。それにエリサも、エヴィも、俺をそんな風に思わないだろう?」

「もちろんだ! お前は何かを秘めている。そんな感じがするからな!」

「わ、私も……! そのレイくんはすごいと思うよっ!」

「うむ。信頼できる仲間がいるのなら、俺はそれで十分さ」

奇《く》しくもアビーさんの予想通りになったが、俺には仲間がいる。

戦場でも仲間がいたように、学院でもかけがえのない友人ができた。

まずはそれを祝福しようじゃないか。

周りの目など気にせず、俺はやるべきことを為すだけだ。


やっと学院での生活に馴染《なじ》んできた俺は、毎日の生活をこなしていく。

朝起きて、ランニングをする。そのあとは朝食を食べて、午前中と午後は授業を受ける。放課後は図書室で授業の予習と復習を行い、自室に戻ってから筋トレを行い、就寝。

そんな生活の中で、未《いま》だに厳しい視線はある。

噂されているのも、全く気にしていないわけではない。だがそれは、俺一人の力ではどうすることもできないし、何かをしようとは思わない。

今の俺は、一人ではない。数は少ないが、大切な友人がいる。

毎日の生活は決して苦ではなかった。

中でも、剣術の授業は毎回楽しみにしている。

「ハァ！」

「む……！」

「フッ！」

「ぐ……！」

剣術の授業では、素振りをすることもあるが、他の生徒と打ち合いをすることが多くなっていた。

そして今は、アメリアと剣を交えている。

「そこっ！」

「まだまだッ！」

アメリアの性格なのだろうが、彼女は果敢に攻めてくる。攻撃の流れも決して悪くはない。一見、ただ闇雲に攻めているようにも思えるが、アメリアはカウンターを誘っている。

俺が飛びついて攻撃をすれば、すぐさまカウンターを叩《たた》き込《こ》もうとしているのだろう。

だがそれを理解していれば、逆にこうすることもできる。

「もらった！」

「それを待ってたのよっ！」

敢《あ》えて声に出すことで、アメリアのカウンターを逆に誘う。そしてガードが間に合わないであろうタイミングで一閃《いっせん》。

それに対して、アメリアは俺の木刀を叩《たた》き落《お》とすようにして、薙《な》いだ。

「え……!?」

「こちらの方が、一枚上手だったようだな」

俺はスッと体を一歩だけ後ろにずらして、その攻撃を躱《かわ》した。そしてアメリアの喉元に、その木刀を突きつける。

「ま、参ったわ……」

「ありがとうございました」

その場で一礼。

どの生徒もレベルは高いが、その中でもアメリアと練習をすると、やはり彼女の技量の高さがよく分かる。おそらく、頭ひとつ分は抜けているだろう。

と、ちょうどタイミングよく授業が終了。

アメリアは軽く額の汗を拭うと、俺の方へと近づいてくる。

「毎回思うけど、レイって何かやってたの？」

「剣術は一通り学んでいる」

「それにしても、凄《すご》いと思うけど……」

「実は教えてくれていた人が厳しい人でな。剣術はみっちりと叩き込まれた」

「ふ〜ん。そうなんだ」

最近はよくアメリアに話しかけられる。それも、剣術のことだけではなく、過去のことなども。

興味を持ってくれるのは嬉《うれ》しいが、こうして訝《いぶか》しい視線を何度も受けると少しばかり気まずくなってしまう。

俺の過去をペラペラと話すわけにもいかないしな……。

「魔術は上手《うま》く使えないが、体を動かすのは得意。それだけさ」

「そっか。まぁ、今はそういうことにしておいてあげる」

ニヤリと笑うアメリア。彼女が何かを探っているのは間違いなかった。

いつか機会があれば、俺の過去も語る日が来るのかもしれない。


「さて、諸君《しょくん》も噂に聞いていると思うが、そろそろあの時期だ」

朝一番。グレイ教諭が教壇の前で今日も明快にそう告げる。

そうしてその言葉と同時に、教室内がざわつき始める。

一体何があるのだろうか。

俺はまだ学生生活に疎いところがあるので、ピンと来ていない。

「カフカの森での実技演習。先輩に聞いている奴《やつ》もいるかもしれんが、今年も例年通り行うことになった」

カフカの森、か。

名称は知っている。

この学院のさらに北にある広大な森だ。魔物が出ることもあり、あまり人は近寄らない。

それに魔術師であっても、実戦経験がない者は行かないと聞いたが……そこを使っての実技演習で生徒の実力を測るということか。

これは軍事教練に似たものと俺は認識すると、グレイ教諭の話をしっかりと聞く態勢に入る。

なにぶん、この学院では遅れている身だ。

せめて態度くらいはしっかりとしたいものだ。

「改めて概要を説明しよう」

そしてグレイ教諭による説明が始まる。

「まずこの学院では優秀な魔術師を育てることを目的としている。これから先、魔術剣士を目指して軍に入る者、それに研究者として大学に進む者など様々な進路が考えられる」

進路、か。

軍に戻るという選択肢もあるが……今は別の道も見ておきたいと思っている。

せっかくこの学院に来たのだ。視野を広げるのも、悪くはないだろう。

「もちろん早いうちにその目的を決めて、専門領域で努力するのも重要だ。しかしこの学院では、一年から二年の間は共通教育科目の履修が義務付けられている。今回のこれも、その一環だ」

今回の実習は実戦に強い魔術師に有利と思うが、意外にそうではないのかもしれない。ただ軍事演習のように身体《からだ》を鍛えるのではなく、心身ともに教育という観点から魔術師を育てる……ということか。

確かに学院出身の魔術師の知り合いは多いが、皆がその実力だけでなく、聡明《そうめい》さも兼ね備えていた。

「では概論を説明する。カフカの森。それはここより北にある広大な森のことだ。知っている者も多いだろう」

グレイ教諭は淡々と説明を続ける。

「そこは魔物も出るうえに、下手をすればそいつに殺される危険性もある。もちろん当日は、教師と上級生によるバックアップが入るが、魔物との戦闘は必至と考えておけ」

魔物との戦闘。

「今回が初の実戦授業になるが、助けは求めるなよ？　それは成績に反映されるからな。下手をすれば留年の原因にもなりかねん」

学院も中々厳しい試験を課すものだ。

黒板にカフカの森の全体図を描いていくグレイ教諭。

地形自体はそれほど難しいものではないようだ。

「そして目的はカフカの森の中央にたどり着くこと。制限時間は四十八時間以内だ。それ以降は失格となる。もちろんその条件をクリアできた者は成績に反映されるし、逆もまた然りだ」

制限時間は割とあるように思える。

しかし、余裕ということはないだろう。

そうでなければ、試験の意味はないからな。

「さてここで問題となるのは、これがパーティーを組んでの実習になるということだ。一《いち》蓮托生《れんたくしょう》。仲間が失敗すれば、自分も失敗する。また、パーティーは四人一組。好きな者と組み、実習に臨め。ではあとは資料を配るので、それをしっかりと確認しておけ」

そうして前の方から資料が回ってくる。

グレイ教諭が言及したことがそのまま載っている感じだが、より詳細なことも書かれている。

――ふむ……なるほど。

今回のこれはなかなか楽しいものになりそうだ。

俺は勉学も好きだが、実際に身体を動かすことも決して嫌いではない。

それに今回のようなケースならば、俺の経験も役には立ちそうだ。

「では本日の授業の残りは、クラス内でパーティーを組むことに使っていい。もちろん他のクラスの人間と組んでもいい。これは一年全体で行われるからな。こういうところで人脈を作っておくことも、大切だ。では私はこれで失礼する」

グレイ教諭が教室から去っていくと同時に、生徒達は一斉に立ち上がって他の人間に声をかけ始める。

それもそうだろう。

より優秀な人間と組むことができれば、有利になる。

それこそ自分の能力が劣っていたとしても、だ。

だが、現実はそう甘くないだろう。

優秀な人間がわざわざ、劣っているものと組むなどとは考えにくい。

きっと、全体的なパーティー構成は実力の拮抗《きっこう》したものになると俺は予想していた。

そして、どうしようかと思っていると……目の前にエヴィが現れる。

「レイ。組もうぜ」

「いいのか？　魔術が得意ではないのは周知の事実だが」

「へへ。それくらい、俺に任せろ。でもお前は体動かすのは得意だろ？　いつも剣を使った訓練ではいい動きしてると思うぜ」

「そうか。それなら、組もうか。感謝する」

「おう！」

よく見ている。そう思った。

俺はある事情により魔術がうまく使えない。

それは一般人《オーディナリー》出身とかではなく、別の事情だ。

厳密に言えば、自分でその能力を封じている……と言うべきだろうか。

そのため、俺は全ての魔術を上手く使えないが、その他の技能は失われていない。使える魔術もあるし、基本的な体の動き、それに知識などはまだ確かに残っている。それは生き残るために、必要だったから。

剣技の訓練ではある程度抑えつつやっていたが、エヴィのやつはしっかりとした目を持っているようだ。

俺はそれが妙に嬉しかった。

「さて。残りはどうする？　枯れた魔術師《ウィザード》のいるパーティーはかなり厳しいと思うが？」

「自虐はやめろよ。でもまぁ……確かにレイの評判は良くないからなぁ」

「ふ。言うじゃないか」

「ま、事実だしな。でも俺は信じてるぜ」

ニヤリと笑うエヴィ。

それは嘲笑ではなく、何か思うところがある……そんな感じのものだった。

「何をだ？」

「お前はきっと何か違うってな。俺の第六感が反応してるんだ」

「……正直いうと、森や特にジャングルでの経験はある。食べられる食料から、食べられない食料。淡水の確保から、魔術なしで火を起こす技術もある。サバイバル関連は正直、十八番《おはこ》だな。これも田舎の森で培った技術だ」

実は学院に入学するに際して、「なにかあったら田舎の森でごまかしておけ。大丈夫だ、私を信じろ」と言われている。

　俺はその教えに従って、エヴィと会話を続ける。

　やはり師匠は偉大なのだ。

「おぉ！　やっぱりそうか！　今回の実習、分かってるだろ？　必要なのは魔術の技量だけじゃない。だからこそ、そういう知識も重要だと思うぜ」

「体はでかいのに、なかなか繊細な思考の持ち主だな」

「へへ、だろ？　って、図体《ずうたい》がでかいは余計だ！」

　二人でそう話している間、一人の生徒がオロオロしているのが見えた。

　エリサだ。どうやら、困っている様子。

　だから俺は、そんな彼女に声をかけたいと思った。

　エリサとはすでに友人だ。困っているのなら、力になりたい。

「エヴィ」

「なんだ？」

「他のメンバーだが、エリサはどうだ？」

「おぉ。いいんじゃねぇか？」

「では誘いに行こう」

「おうよ！」

　俺たちはさっそく、エリサに声をかける。

彼女はじっと座って下を向いていたが、俺の顔を見るとハッと嬉しそうな表情をするが……すぐに影が射《さ》す。

「エリサ。一緒にどうだ？」

「あ……でも、その。嬉しいけど……私は足手まといだし……」

「大丈夫だ。それに俺は枯れた魔術師《ウィザード》だぞ？　評判だけで言えば、俺が一番足手まといだろう」

「でも……レイくんは運動、得意でしょう？」

「人並みには、な」

「今回の実習には、そういう……能力もいると思うから……でも、私は一番ダメダメで……」

「エリサ」

「きゃ……！」

下を向いているエリサの顔を無理やり持ち上げる。

そうして両手でその顔を固定すると、その美しく煌《きら》めく瞳をじっと見据えてこう告げる。

「エリサ。確かに謙虚は美徳だ。しかし、何事も行き過ぎればそれは毒にもなる。今回のこれは、自己と向き合う意味でもきっとエリサのためになる。だから、俺たちと一緒に頑張ろう。俺たちには、エリサが必要なんだ」

「……レイくん」

　エリサの顔に徐々に生気が戻ってくる。

　もはや、陰りなどない。

　少しだけだが、彼女のやる気に火がついた。

　そんな気がした。

「レイの言う通りだ！　俺もエリサのことは頼りにしてるし、サポートもする。だから一緒に行こうぜ！」

「うん……ありがとう、二人とも……！」

　その顔は、誰が見てもきっと魅力的だと思うだろう。そんな笑顔だった。

　三人目のメンバーを獲得して、あと一人はどうしようかと考えていると……意外な事態になる。しかし俺は、それが意外とは思わなかった。

「ローズさん！　私たちと！」

「いいえ。ぜひ、わたくし達と！」

「いいや。俺たちといかがですか！　ローズさん！」

　三大貴族筆頭のローズ家の長女、アメリア＝ローズ。

　その才能はすでに誰もが認めるところだ。アメリアがこうして引っ張りだこになるのは自明の理。

　だが彼女はそれをすべて断ると、こちらに近づいてくる。

「ごめんなさい。先約があるので……」

やってきたのは、俺たち三人の方だった。

「あと一人、空いているかしら？」

紅蓮《ぐれん》の髪を靡《なび》かせて、アメリアはそう言葉にした。

「もちろんだ。君の席は初めから空いているとも」

「ふふ。レイってば、妙にやる気じゃない？」

「君がいるのは心強いからな。それに最高のメンバーが揃《そろ》ったんだ。滾《たぎ》るのは当然だろう？」

「そうね。それにずっと、レイのことは気になっていたから」

「それは嬉しいな」

ニヤッと笑いかけると、彼女もまたニヤリと人の悪そうな笑みを返してくる。

そうして今回の演習のパーティーメンバーが決定するのだった。


放課後。

俺たちは明日のカフカの森での実技演習に向けて、作戦会議と自己紹介を兼ねて教室に残って話をすることになった。

「知っているかもしれないけど、アメリア＝ローズよ。みんな、よろしくね」

まずはアメリアから自己紹介をする。

今は四人で机を囲うようにして座っている。そしてその左隣にいるエヴィが口を開く。

「俺はエヴィ＝アームストロング。レイと寮の部屋が同室でな。みんな、よろしく頼むぜ！」

その次はエリサだった。

未だにモジモジとしているが、彼女はすぐに自己紹介を始めた。

「あ……えっとその……エリサ＝グリフィスです。ハーフエルフです……！　そ、その……よろしくお願いします！」

最後は俺の番だ。

「レイ＝ホワイトだ。一般人《オーディナリー》出身で、魔術に関して色々と問題があるが……よろしく頼む」


全員の自己紹介が改めて終わったことにより、さっそく俺たちはカフカの森の攻略に関して話し合うことになった。

「それでだけど……カフカの森。かなり広いわね。先輩に聞いた話だけど、例年でもクリアできるパーティーはあまり多くないみたい。何よりも問題なのが、方向を狂わせる魔術が森全体に発動しているとか」

「なるほど。森自体に魔術が定着しているパターンか」

「ええ。そうみたい」

アメリアの話に、俺は同調した。

この世界にはその土地に魔術が定着してしまっている現象がある。それが迷宮やその他の特殊な場所を生み出しているのだ。

カフカの森は方向感覚を狂わせるか……それに加えて魔物の対処もしなければならないし、ずっと歩くわけにもいかない。

少なくとも一晩は過ごすと仮定しても、かなりの厳しいものになりそうだ。

俺は今までの経験的にもっと過酷な場所、それこそジャングルなどでも寝ずに三日程度は活動できる自信がある。

だが、流石に他のみんなはそうもいかないだろう。

「まずは森の地形をしっかりと把握したいが、このもらった地図だけでは難しいな。これは現地に行って実際に把握するしかないとして……皆の得意な魔術を整理しておこう」

「私は炎系なら割と得意よ」

「俺は身体強化だな！」

「私は……その……得意なのは……水とか風……かな？」

「なるほど。ちなみに俺はエヴィと同じで、身体強化系なら得意だ」

いや、今の状態でも……と付け加えることはなかった。

何故《なぜ》、俺が身体強化を得意としているのか。

いや、得意という形容は厳密には正しくない。他に比べれば、まだ使える……という意味合いが正しいだろう。

というのも、外部干渉ではなく内部干渉ならば、コードは適用しやすいからだ。

「そうね……それなら、前衛はレイとエヴィがいいかしら？　私が遊撃ということで中衛で、後衛がエリサとか？」

「いや、中衛は任せてほしい」

「そう？」

「この手の訓練には心得がある。アメリアにはエヴィと共に前衛を任せたい」

「わかったわ……でも、この手の訓練に心得があるって……あなたやっぱり……」

「まぁそれは、田舎の森で色々とな」

そう言うとアメリアはすぐに話を切り替える。

「そっか……まぁいいわ。レイのことは色々と頼りにしてるから。実際に剣技の訓練とか、体を動かすやつはかなり得意みたいだしね」

「おぉ！　アメリアも同じ意見か！　だよなぁ……レイのやつ、妙に動きが様になっているというか……親父《おやじ》に似てるんだよなぁ……」

「あら。エヴィのお父様？」

「あぁ。軍人をやっているんだが、妙に雰囲気が似ていてな」

「ふーん。そうなんだ……」

じっとアメリアが見つめてくる。

詮索したいのはわかるが、今はそれに答えることはない。

俺は最後にエリサの意見を聞いてみることにした。

「エリサ。勝手に決めてしまったが、いいか？　君の意見も貴重だ」

「あ……その……私は確かにどちらかといえば、魔術の方が……いいから……前衛だと動けないし……頑張ってみんなをサポートするね……！」

「うむ。頼りにしている」

「うん……！」

エリサは妙にやる気になっていた。

俺の助言が効いたのなら、嬉しいのだが。

「それにしても、あのローズ家の長女が来るとはな。意外過ぎるぜ……」

そう言うのはエヴィだった。

確かに、アメリアはもっといいパーティーを選択することはできただろう。でも、わざわざ俺たちのところを選んだのはどうしてだろうか。

「私、血統とか嫌いなの」

「そうなのか？　ローズ家は確か三大貴族筆頭なのだろう？　誇らしくはないのか？」

「誇らしくないわけじゃないけど……その……何でもかんでも血で説明されるのは嫌なの。私は努力もして、今の私になったのに……まるで才能だけの魔術師と言われるのが、ね」

「……なるほど。貴族も色々とあるようだな」

血統が嫌だ。

貴族の中には、そのあまりの血統主義に嫌気が差す者もいると言うが……アメリアはどうやらそっち派だったようだ。

確かに血統主義は何よりも、その血を重んじる。

つまりは……才能だ。

しかし、能力とは才能、努力、環境の三つが適切に絡み合うことで発揮される、と俺は考えている。これは師匠の言葉なのだが、それは真理だと思う。

才能だけでも足りない。

努力だけでも、環境だけでも然り。

俺はそれを嫌というほど、教えられてきた。

確かに血は大切だ。でもそればかりに囚《とら》われていては前には進めない。

実際のところ、七大魔術師もまた全員が貴族出身というわけでもないのだから。

その後は全員で改めて話し合い、解散することになった。


ということで翌日。俺たちはカフカの森の前に集合していた。

目の前にはただ生い茂る森しか見えない。

その奥を見通すことは不可能なほどに。

この演習には一年生が全員参加だが、初期位置はパーティーごとに決められていて、俺たちは指定の場所に立っていた。

「ううぅ……緊張する……」

「大丈夫よ、エリサ。私たちがいるから」

「アメリアちゃんは優しいね……うう……」

「もう。元気出してほら！」

と、女性陣は二人で戯れていた。

一方の俺たち男性陣といえば……。

「レイ、緊張はしていないようだな」

「もちろんだ。むしろ久しぶりの感覚だな」

「久しぶり？」

「ま、まぁ田舎出身だからな。森や山を駆け回っていたのさ」

「ふーん。そうなのか」

ここ数日。

アメリアとエヴィの視線が、時折厳しいものになっているのを俺は知っている。

確かに俺の素性は簡単に明かせない事情があるのだが、嘘《うそ》をつくのもなかなか心苦しくなってきた。

師匠、俺はどうしたらいいのでしょうか……。

「……師匠」

「ん？　何か言ったか？」

「いや……何でもないさ」

空を見上げる。

現在は五月下旬。

もう夏も近づいて来て、空がとても澄んでいる。

この青空のもと、俺は今日も進んでいこう。

「さて、と。二人とも準備はいい？」

「おうよ！」

「大丈夫だ」

「ううう……頑張る……！　私……頑張る！」

そうして腕時計を見ると、そろそろ指定の時刻である午前六時になる。

今回の演習で持ち込み可能なのは時計、携帯食料、水筒、あとはナイフや剣である。

残りのものは現地調達になる。

色々と厳しい訓練になるだろうが、俺は存分に経験を生かしたいと思う。

「それでは、始めてください」

どこからともなくそんな声が聞こえると、俺たちは一斉に駆けていく。

何も先の見えない、木々で溢れた森へとそのまま突っ込んで行くが……どうやら、俺たちのスタート位置は良くなかったらしい。

「魔物⁉」

「巨大蜂《ヒュージビー》か。みんな、隊列を組めッ！　いくぞ！」

『了解ッ！』

俺たちのカフカの森での戦いが、幕を上げるのだった。


「二人とも、羽を狙うんだッ！」

「あぁ！」

「わかっているわッ！」

カフカの森に入ったとほぼ同時に、巨大蜂《ヒュージビー》に遭遇。

大きさは、個体差もあるが今回のやつは人間よりも少し大きい程度である。それに運良く一匹しかいない。

いや……魔物の生態を考えると独立行動しているとは考え難《にく》い。

つまりは……これは意図的に用意されたものであると推測。

おそらく生徒の力量を測りたいのだろう。学院に入学してから今までに学んできた成果を発揮しろということか……。

そうしてアメリアとエヴィは最前線で高速魔術《クイック》を使用しながら、果敢にその巨大蜂《ヒュージビー》に向かっている。

だが素早い動きで飛び回る巨大蜂《ヒュージビー》はなかなか攻撃を当てさせてはくれない。

「エリサ」

「う……うん！」
「俺が合図したら、魔術を頼む」
「いいけど……何をしたら？」
「それは……」
俺はエリサに魔術の指定をすると、彼女はぐっと手を握って了承してくれる。微《かす》かに手は震えているものの、そこにはしっかりとした意志があった。
「……アメリア、エヴィ！　加勢するッ！」
声を上げると、一気にコードを走らせる。
《第一質料《プリママテリア》＝エンコーディング＝物資コード《マテリアル》》
《物資コード《マテリアル》＝ディコーディング》
《物質コード《マテリアル》＝プロセシング》
《エンボディメント＝内部コード《インサイド》》
今回のそれは、普通の魔術ではない。エヴィも言っていたが、魔術には身体強化できるものもある。
名称は、内部コード《インサイド》。
これは通常の人間の動きをさらに強化してくれるもので、もちろんそれは、力そのものを高めるものもあれば、速さに特化したものもある。

俺は内部《インサイド》コードを使用して、今回はバランスよく自らの身体能力を引き上げる。

まだ完全に大丈夫というわけでもないが、それでもなんとかやれるだろうという感覚があった。

体内に流れている第一質料《プリママテリア》が俺の体を一気に強化すると、そのまま低い姿勢を保ちながら大地をグッと踏みしめて、駆け抜ける。

「──フゥッ！」

肺から一気に空気を吐き出すと、その勢いのまま地面を思い切り蹴って飛翔《ひしょう》。

縦横無尽に飛び回っている巨大蜂《ヒュージビー》に向かって、一閃。

それは致命傷にならないものの、脚を一本斬り飛ばすことに成功した。

──なるほど。久しぶりだが、コードの馴染みは、悪くないようだ。

「ギィイイイイッ！」

脚を切断された巨大蜂《ヒュージビー》が鳴き声をあげる。

俺はそのままスタッと地面に降り立つと、さらに暴れまわる奴の動きを見極める。

「レイ。どうするの？」

「お前の指示に従うぜ？　どうやら俺の目に狂いは無かったようだな」

アメリアと、そしてエヴィがニヤッと笑ってそう言葉をかけてくる。

「とりあえずは三人で奴の進路を塞ぎつつ、攻撃を繰り返そう。羽さえ落としてしまえば、こちらの勝ちだからな。あとはあの腹部に気をつけろ。刺されるだけではなく、毒を振りまいてくることもある。酸性が強くて、人間の皮膚をドロドロに溶かすからな」

『了解！』

今度は三人で改めて距離を詰めて、宙を飛び回る巨大蜂《ヒュージビー》を攪乱《かくらん》していく。

相手も嫌がっているのか、先ほどから動きがかなり雑になって来た。今までは攻撃も視野に入れているのがわかったが、今は逃げることで手一杯という印象だった。

——そろそろか。

そう判断して、俺はエリサに向かって声を上げる。

「エリサッ！　今だッ！」

「……うんッ！」

その刹那、ゴウッと大きな音を立てて風が吹き荒れる。エリサには綿密にコードを組み立てて、出来るだけ威力のある風を起こして欲しいと頼んであったのだ。

エリサが選択したのは、どうやら中級魔術の暴風《ストーム》だった。

なかなか難しい魔術だが、彼女はそれを十分な威力で成功させた。

「ギイィイイイイッ！」

巨大蜂《ヒュージビー》も流石に、荒れ狂う嵐の中ではまともに飛ぶことはできない。

フラフラとしているところを、俺は決して逃しはしなかった。すぐさま大地を蹴って跳躍すると、勢いを殺すことなく——

一閃。

先ほどとは異なり、縦に剣を振るうと、綺麗《きれい》に巨大蜂《ヒュージビー》の脳天を切り裂く。そして、その勢いのまま回転して踵《かかと》を振り下ろし、奴を地面に叩き落とした。

「……よし。こんなものだな」

ドォンッ、と音を立てて地面に落ちる巨大蜂《ヒュージビー》。俺は重力に従って、地面に降り立つ。

どくどくと流れる体液。頭をかち割られた巨大蜂《ヒュージビー》はすでに絶命していた。俺は持っている剣を悠然と納める。

「レイ！　すごいわね！」

「あぁ！　片鱗は見えていたが、ここまでとはな！」

「田舎の森で魔物とはよく出くわしたからな。この手の対応には慣れている。害虫駆除みたいなものだ」

「ふーん。田舎の森ねぇ」

「あぁ。さぞ危険な森だったんだろうなぁ……」

ニヤニヤと笑いながら、アメリアとエヴィはそう言ってくる。

ぐ、くそ……。

【田舎の森万能論】は通じないのか！

話が違うではないか、師匠！

そう心の中で悪態をつくが、すでに後の祭りだ。

そして、死骸のそばで腰を下ろす。

「さてと。どうする？　こいつは一応食べられる部位も存在するが？」

「えぇぇ……食べられるの、こいつ？」

「アメリア。何事も経験だ、と言いたいところだが今は携帯食料もある。それに人は別に二週間程度なら食料はなくても死ぬことはないし、水も二、三日程度なら大丈夫だ。今回は水などは魔術で簡単に生成できるからな……嫌悪感があるのなら、やめとこう。アメリア、燃やしてもらっても？」

「わかったわ」

俺は周りの木々に火が移らないように少しだけ死骸の位置を動かすと、彼女の魔術によってその死骸を燃やしてもらう。

その様子を見ていると、俺の後ろにはエリサが立っていた。彼女は何かを言いたそうにモジモジとしているが、すぐに口を開いた。

「その……レイくん、すごいねっ！」

「俺は慣れているからな。エリサは、実戦は初めてだったんだろう？」

そういうと、彼女はギュッと手を握り締める。

「……私、怖くて。あんな大きな魔物……知ってはいたけど、実際に見ると……本当に怖くて。でも、レイくんが教えてくれたから……っ！」

「エリサは魔術が苦手と言っていたな」

「う、うん……」

「でも今回の魔術はすごかった。なぁ、二人とも」

「ええ。すごかったわよ、エリサ」

「あぁ！　俺には真似《まね》できない芸当だな！」

アメリア、それにエヴィも同調してくれる。

別に同じパーティーメンバーだから、学友だからお世辞を言っているわけではない。

実際にエリサの魔術はかなりのものだった。

魔術とは時間をかければかけるほど、誰でも簡単に威力のある魔法を放つことができるわけではない。

それはコードを複雑に絡み合わせるようにして、処理の過程を行う必要があるからだ。

それこそ、集中力が途切れてしまえばコードは破綻する。

しかし、あのプレッシャーの中で、エリサはやりきったのだ。

それは素直に賞賛するべきことだと思ったから、俺はそう口にしただけだった。

「あ……ありがとうみんな……」

「エリサ、少しは自信が持てたか？」

「……う、うん！　ちょっとだけど、魔術の使い方も……わかってきたかも！」

「そうか。それは素晴らしい進歩だ」

俺がニコリと彼女に微笑みかけると、エリサは真っ赤になって下を向いてしまう。

その様子を見て、俺はあることが脳内によぎった。

「どうした？　何かあったのか？　まさかッ！　毒でももらったのかッ⁉」

「だ……大丈夫だから！　違うから！」

「そうよ、レイ。エリサは嬉しくて照れてるのよ」

「アメリアちゃんっ！」

「ふふ……ごめんなさいね。エリサ。でもレイははっきり言わないとわからないみたいだから」

「そうだよな。こいつ、妙に察しが悪いところがあるよな」

「む……すまない。しかし、それならよかった。俺は本心を言っているだけだからな。これからも一緒に精進していこう、エリサ」

「……う、うん！」

とりあえずは、第一関門である魔物の撃破には成功した。

しかし、この演習のメインは魔物ではないだろう。

すでに全員で話し合って共有しているが、問題なのはこの森が方向感覚を狂わせるということだ。おそらく、まっすぐ中央に向かったところで辿《たど》り着《つ》きはしない。

この森に存在している魔術自体をどうにか攻略しなければ、きっと中央にはいくことはできないのかもしれない。

「さて、とりあえずは進もうか」

「そうね」

「あぁ」

「う……うん！」

俺たち四人は改めて歩みを進める。

微かに光が差すものの、木々の影で暗くなっている不気味な森の中を……まっすぐと。

左腕の時計を見る。

現在の時刻は午前九時。この演習の開始時刻は午前六時だったので、三時間ほど経過したというわけだ。

だが、全く進んでなどいなかった。

「見ろ。さっき傷をつけた木だ」

「本当ね」

「うお、まじか。まっすぐ歩いているように思えたが」

「……す、すごいね……本当に森全体に魔術が……」

俺たちは木に目印としてナイフでわかりやすいように傷をつけていた。そうしてまっすぐ進んでいるつもりが、同じところに戻ってきてしまっていたのである。

改めて地図を広げる。

「ふむ……」

「何か分かるの？　レイ」

「いや。完全に座標は不明だ。現在の場所も、どちらに進めばいいかも不明。だが一つだけはっきりしていることがある」

「それは？」

「魔術の影響を俺たち全員が受けているということだ。すなわち、この森にはコードが働いている。だが、第一質料《プリママテリア》は無限ではない」

　俺は自分の所感を述べる。やはり、事前に予想していたものが当たったようだ。

「ということは、この攪乱の魔術もずっと継続しているわけではないってことね」

「そうだ。永久機関はまだ成し遂げられていない難問の一つだ。もちろん、エインズワースがコード接続《コネクト》という理論を発表しているが……」

「でもそれは……まだ仮説だった……よね？」

　流石はエリサだ。よく知っている。

「エリサは知っていたか」

「うん。エインズワースの論文には……目を通すようにしてるから……」

「なるほど。さて、話を戻そうか。問題は、今は魔術が行使されている時間帯ということだ。つまりなすべきことは……休憩だな」

　そう結論づけて俺たちは休憩をすることにした。

初めに巨大蜂《ヒュージビー》と戦闘をしてそのまま歩きっぱなしだったのだ。

その仮説を言う前から、休憩は提案しておこうと思っていた。

俺は慣れているし、アメリアとエヴィはまだ大丈夫そうだったが、やはりエリサには少しきついようだ。

俺たちは持参している水筒から水分補給をする。

「ふむ……ここからどうするか」

敢えて独り言を呟いて、思考を整理する。はっきり言えばこの魔術を解除する方法はある。それもごく簡単な方法によって。

でも、それはダメだ。

今はパーティーで行動しているし、そんな抜け道のようなことをするわけにもいかない。

それに俺の身体が保つかどうか、という問題もあるしな。

「レイくん……」

「エリサか。大丈夫か？　疲れは？　何かあればすぐに言って欲しい」

彼女はじっと俺の瞳を見つめて、こう告げた。

「心配してくれてありがとう。それに、休憩してくれて……ありがとう」

「…………」

なんと言うべきか迷っていると、エリサは言葉を重ねる。

「私に気を使ってくれたんでしょ？」

「わかっていたか。聡明だな、君は。でもわかってほしい。謝ったりはしないでくれ」

「……やっぱり分かる？」

俯《うつむ》きがちだったが、顔をしっかりと上げて目を合わせてくれるエリサ。

でもそれは、どこか不安そうだった。

「俺と、それにみんなに謝罪をしようとしたのだろう？」

「そうだけど……」

「気にやむことはない。もともと休憩は適宜入れていく予定だった」

「でも……私じゃなかったら、もっと早く……」

「急がば回れ、と言うだろ。あれはある種の真理だ。何事も急いでばかりでは仕方がない。こうして腰を落ち着けるのも、思考が整理できていいものだ」

「そっか……そうだね。ありがとう、レイくん」

「礼には及ばない。エリサの力になれたのなら、嬉しい限りだ」

そうしてしばらく休んだのち、全員で改めて今後の方針を立てて歩き始める。

そんな中、俺にはある懸念があった。もちろんそれはすぐに、歩きながら共有する。

「思えばこの実習だが……」

「どうかしたの？」

「他のパーティーと出くわした場合、協力はありなのか？」

「……別に違反とも記述されていないし……いいんじゃない？」

アメリアが反応し、次にエヴィがボソリと呟く。

「あ……そうか」

「わかったか、エヴィ」

「あぁ。ということは、妨害もありということだな？」

「そうだ。俺としてはそろそろ接触してもおかしくはないと思っている。この時間帯、おそらくほぼ全てのパーティーが彷徨《さまよ》っていることだろう。もしかすると、これもまたこの実習にも含まれるのかもしれない」

俺はなにぶん、嫌われている。

そして俺とよくつるんでいるエヴィやエリサもいい目では見られていないことは知っていた。

アメリアはそうでもなかったが、俺たちのパーティーに加わる際に不快に思った生徒もいたことだろう。

なぜ三大貴族筆頭のアメリアが、枯れた魔術師《ウィザード》のパーティーに加わるのかと。

だからこそ、どこかのパーティーと出会った時には少し軋轢《あつれき》を生むかもしれない。

「む、あれは？……」

「蜘蛛《スパイダー》ね」

「でも数が多いというか、どこかに向かっているのか？」

「うん……なんか急いでいるみたい……」

感じる。

これは特有の感覚だ。別に魔術的な知覚でもなければ、何か証拠があるわけでもない。

でもこれは確かに……何かまずいことが進行していると直感が告げていた。

「すまないッ！　先に行くッ！」

「ちょ、どうしたの⁉」

「後から追いついてくれッ！」

俺はそう声を上げると、身体強化の魔術を発動。

その蜘蛛《スパイダー》の群れを追いかけるようにして、大地を駆けていく。

俺は蜘蛛《スパイダー》の後を追いかけて、進み続ける。木々を躱し、スピードを殺すことなく進んでいくと……見えた。

「ひいいいいいいいッ！」

「こっちに来ないでよ！」

「い、いやあああああああああッ！」

「く、くそッ！　どうなってやがるッ⁉」

そこには四人の生徒がいた。中には見知った顔――ミスター・アリウムもいたのだ。全員が、完全にパニック状態だった。

無理もないだろう。

いくら小さい魔物とはいえ、これだけの蜘蛛《スパイダー》がいるのだ。

それにすでに糸に囚われているのか、それを懸命に剝がすことに魔術を使っている。

いま先頭に立って戦っているのは、ミスター・アリウムただ一人。

でもそれはすぐに決壊してしまいそうだと、俺は理解していた。

「助太刀するッ‼」

「な⁉　枯れた魔術師《ウィザード》だと⁉」

ざっと全体の総数を把握する。おおよそ百に近い数だが……これだけ纏《まと》まっているのなら、殲滅《せんめつ》するのはこの剣一本でも容易《たやす》い。

ここまで来た時には主に移動するために身体強化をしていたが、俺は魔術領域に慣性制御のコードを加えると、一気にコードを走らせる。

「……まずは十、だな」

駆ける。

それと同時に、俺の過ぎ去った後には死骸の山が出来上がっていた。

「――え？」

呆然《ぼうぜん》とする声が聞こえるが、今はそんなことを気にしている場合ではない。俺は慣性によって流されることなく直角に曲がると、さらに一振り。

薙いだ剣の慣性も制御すると、次々と連続攻撃を重ねていく。

蜘蛛《スパイダー》たちも俺に注目しているのか、一気に飛びかかってくる。

しかし、それはこちらの思うツボだった。

「これで、五十……」

さらにその柔らかい体を切り裂くと、間髪入れずに移動して斬る。

それから一分ほどした頃だろうか。

俺は全ての蜘蛛《スパイダー》を殺し尽くしていた。

「大丈夫だろうか。ミスター・アリウム」

体液がべっとりとついた剣をヒュッと振るうと、それを全て地面に払い落とす。

そこからゆっくりと剣を納めると、俺はそう話しかけた。

彼は呆然としていたようで、まだピンと来ていないようだった。

「お、俺一人でもどうにか出来たんだッ！」

「そうだったのか？　何か秘策が？」

「あ……あぁそうだ！　お前に出来て、俺に出来ないわけがない！」

「そうか。それは失礼した」

「礼は言わないからなッ！」

そして、ミスター・アリウムたちは足早に去っていく。

それにしても……これが本当に用意されたものなのか。

流石に、やりすぎではないだろうか。

正直言って、俺の助太刀がなければ一人くらいは奴らの餌になっていたと思うが……。

「レイ！」

「おーい！　早すぎるだろー！」

後ろを振り向くと、アメリアとエヴィが大声をあげていた。そのさらに後ろからは、懸命にエリサがついて来ていた。

釈然としないまま、みんなと合流する。

「うわっ！　何この死骸の山！」

「うげぇ……これはちょっとすごいな……」

「ううう……これは……ちょっと……」

後から追いついて来た三人。妙に気持ち悪がっている様子だ。

地面を見ると、そこには無残にも転がっている蜘蛛《スパイダー》の死骸。バラバラになった体とそれに体液が飛び散っている状態。確かにこれは慣れていなければ、気分を害してしまうだろう。

「レイ、一人で全部やったの？」

「そうだが……」

「どうかしたの？　浮かない表情《かお》してるけど」

アメリアがそう尋ねてくる。

「先ほど、ミスター・アリウムたちのパーティーが襲われていたんだ。この蜘蛛《スパイダー》たちに」

「え……本当に？」

「助太刀したが、余計なお世話だったようだ」

「それにしても、こんな量の蜘蛛《スパイダー》に襲われるなんて……」

「俺も思ったが、この蜘蛛《スパイダー》の量はおかしい。この演習は教員によって管理されているはずだ。生態系のコントロールもある程度なされているとみてもいいだろう。だがアレは明らかにやりすぎだ。正直言って、一人くらいはこいつらの餌になっていてもおかしくはなかった」

「……この演習、何かあるのかしら」

「……そうかもしれない」

考察を重ねる。

俺は先ほど自分でも言及したように、あれは学生の手には余ると感じた。

それは蜘蛛《スパイダー》の群れが移動をしている時から感じていた直感のようなもの。

生態系が少し狂ってしまい、想定外の出来事……ということならばいいのだが。

果たして杞憂で終わるかどうか。

「レイくん……」

「どうした、エリサ？」

一人でそう考え込んでいると、エリサが近寄ってくる。

「その服……」

「すまない。気持ちのいいものではないな」

俺の服には少しだけだが、蜘蛛《スパイダー》の体液が付着していた。エリサはそれをじっと見つめると、魔術を行使する。

服にそっと手をかざすと、そこからわずかな光が灯《とも》る。

すると、体液は瞬く間に消えていく。

「おぉ！　付着した液体だけを発散したのか！」

「う……うん。うまくできたなら……いいけど」

「本当に助かる。エリサは細かい魔術が得意なようだな。というよりも、コードの扱いが上手いと思う」

「そう、かな？」

「あぁ。おそらく今まではきっと、コードの処理に脳が追いついてなかったのだろう」

「なるほど。レイくんは……やっぱり博識だね」

「勉学は嫌いではないからな」

今は嫌いではない、が正確な言葉かもしれない。

俺は一時期勉強嫌いになっていたこともあった。それもこれも、師匠による教育のせいなのだが……まぁ今となってはいい思い出だ。

「レイ。終わったわよ」

「ふぅ……なかなか疲れたな」

「すまない。処理を任せて」

「戦闘の後で疲れてるでしょ？　それくらいは任せてよ」

「おう！　助け合い、だろ？」

「その通りだな。ありがとう」

まだ出会って一ヵ月と少ししか経過していないというのに、俺はこんなにも良《い》い仲間に出会えてよかった。

そう思うと同時に、やはり心のどこかで考えてしまう。

自分の過去、そしてそれを隠しつつ過ごす日々。そろそろ師匠の『田舎の森万能論』も怪しくなってきている頃だ。

本当のことを話しても……いいのだろうか。

迷い。

焦燥。

戸惑い。

それらが少しだけ、脳内によぎる。

いつかみんなに対して、本当の意味で向き合う必要がある。

そんな予感がしていた。

俺たちはそれからも進み続けた。

出て来る魔物を倒しつつ、迷わないように森の魔術の周期を考えながら。俺たちは気がついたのだが、三時間程度に一度この森の第一質料《プリママテリア》が薄くなる時間帯がある。

おそらくそれが、この森の魔術が弱まっている時間だ。

その時間を縫うようにして、俺たちは確実に前に進んでいた。もちろん途中で休憩を挟みながら。

「今日はここで休もう。睡眠時間は……六時間ほどにしよう」

現在は一日目の夜零時。

演習開始から十八時間が経過。睡眠の六時間を加えると、ちょうど残るのが丸一日。

あとはこの時間でクリアしなければならない。もちろん、睡眠を取らずに進むことも可能だろう。

でも疲労、それに睡眠不足というのは馬鹿にならない。

身体能力の低下ももちろんだが、何よりも魔術行使が困難になるのが問題だ。魔術とは脳の中でも主に前頭葉を使ってもたらすものだ。

その場所のことを魔術領域というのだが、無理をし過ぎれば魔術領域暴走《オーバーヒート》という現象が起きてしまう。

だからこそ、入念な休息は何よりも大切なのだ。

「外で寝るなんて、初めてだわ……」

「俺は経験あるけどな！　まぁその時はテントがあったが……」

「わ、私も……」

三人ともに、反応は良くはなかった。

今回ばかりは我慢してもらうしかない。

「すまないが、今からその手のものを作るのは困難だ。草を下に敷いて横になるのがいいだろう。汚れなどは……仕方がないと割り切ってもらうしかないな」

「レイはやっぱり慣れているわね」

「外で寝ることは多かったからな」

「ふーん……そうなんだ」

アメリアはそう淡々と告げるも、やはり俺のことを怪しいと思っているようだった。

でもそれはそうだ。

一般人《オーディナリー》出身で魔術がうまく使えないのは分かるが、戦闘技能に関しては普通の魔術師よりも上、というのは妙にちぐはぐだと思うだろう。

そんな時、俺は師匠の言葉を思い出していた。


「レイ。お前はこれから学生になる」

「はい」

「だが【氷剣の魔術師】であることを絶対に隠し通せと言いはしない」

「でもバレると問題なのでは……？」

「そんなものは魔術協会の都合だ。七大魔術師は素性をオープンにしている者もいるからな。でもお前の場合は事情が特殊だ。それに学院というのは意外と閉鎖的な空間でな。噂の類はすぐに広まる。学院生活を謳歌《おうか》したいのなら、四年間は隠すことに努めた方がいいだろう。しかし、私もお前もすでに軍人ではない。別に何をするのも自由だ……ただ、それは一応肝に銘じておいてくれ」

「了解しました」

「だがな、本当に心から信頼できる仲間ができたのなら……打ち明けてもいいかもな。お前の過去も、語るべき時が来るかもしれない」

師匠は珍しく、真剣な顔つきだった。

そして彼女は、そのまま雄弁に語る。

「忌まわしい記憶だ。私にとっても、お前にとっても。だが、人は一人では生きてはいけない。必ず人と交わることになる。だからこそ、信頼できる人間には誠実であれ、レイ」

「……師匠。貴重なお言葉、ありがとうございます」

入学前に俺はこんなやり取りをした。当時はただ、言葉の意味を表面的に理解していただけだった。でも入学して一ヵ月で既に、俺には信頼できると思える仲間ができた。

——俺はどうするべきなのでしょうか、師匠。

そんなことを考えながら、俺は眠りについた。

「はぁ……はぁ……はぁ……」

「ヤベェ…つれぇ……」

「う……うぅ……足が……」

朝起きて、俺たちは再び歩みを進める。容赦ない日差しが差し込み、体から水分を奪っていき、疲労が蓄積する。

それをなんとか水分補給と休憩で補いながら進むが、そろそろ俺以外のメンバーの疲労がピークに近づいてきたみたいだ。

「はぁ……はぁ……はぁ……」

「エリサ、腕をかせ」

「え、でも……」

「俺がサポートする」

この中でも一番危ういのはエリサだった。

俺は、後方へ戻りエリサに自分の肩を貸す。

「密着することになるので、申し訳ないが」

「ううん……ありがとう、レイくん」

「どういたしまして。助け合いの精神は大事だからな」

そんな様子を、エヴィとアメリアも見ていたが、二人が文句を言うことはなかった。エヴィはぐっと親指を立ててニカッと笑い、アメリアは優しそうな表情で微笑む。

みんなわかっているのだ。

俺たちパーティーがどうするべきか、ということを。

それにエリサには魔術関連のサポートをよくしてもらった。

水の生成や、その他にも魔物と対峙《たいじ》する時には彼女の魔術が役に立った。おそらく魔術の使用回数で言うならば、エリサが最も多い。

肉体的な疲労だけでなく、精神的な意味でも疲労しているのは間違いなかった。

そして、その魔術でのサポートは今の俺には決してできないことだ。

だからこそ、その恩に報いる時だろう。

「あ！」

「おい見ろよ、レイ！　あれって……」

「あぁ。間違いないな」

「うん……やっと……」

そこは森の中央だった。丁寧に目印も置いてある。それにグレイ教諭とライト教官の姿もチラリと見えた。あそこが終着点なのだろう。

「おっしゃあああああ！」

と、疲れはどこに行ったのかエヴィが走っていく。

アメリアもそれに続き、俺とエリサは二人三脚のような形で進んでいくが……俺は感じ取った。

　これは……魔術の気配だ。

「エヴィッ！　アメリアッ！　止まれッ！　遅延魔術《ディレイ》だッ！」

「おっと……」

「え……!?」

　忠告が間に合ったのか、エヴィとアメリアはその場にピタッと止まる。

「エリサ、少し待っていてくれ」

「う、うん……」

　俺はエリサをその場に下ろすと、近くにある石を拾って目の前にヒョイと投げた。すると――

「うおっ！」

「きゃっ！」

　瞬間、衝撃に反応したのか遅延魔術《ディレイ》が発動。

　地面から木で作られた鳥かごのようなものが出現した。

「やはりか……なかなか性格の悪いトラップだ」

「レイ、よく気がついたな！」

「ええ。本当にそうね」

「第一質料《プリママテリア》に淀《よど》みがあったからな。あれは遅延魔術《ディレイ》特有のものだ。さて、行こうじゃないか」

　俺はエリサに肩を貸すと、そのまま全員でたどり着いた。

「おめでとう。お前たちが一番乗りだ」

「うんうん。今年の生徒は優秀だね。歴代最速じゃない？」

　そこにはグレイ教諭とライト教官がいて、そう言ってくる。

　時刻は……現在、十七時半か。ということは、三十六時間程度かかったのか。

「おぉ！　やったなみんな！　一番乗りだぜ！」

「えぇ！」

「うん……！」

「あぁ。みんなで協力した成果だ」

　色々とあったが、俺たちはトップという形で実技演習を終えるのだった。


　実技演習の翌日。俺たちのパーティーはトップで通過したということで、話題になっていたのだが……やはりその評価はアメリアに向かっていた。

「はぁ……もう嫌になるわ」

「お疲れだな」

「えぇ……」

現在は俺、アメリア、エヴィ、エリサの四人で学食で食事をとっている。アメリアも貴族との付き合いに疲れたとのことで、俺たちのところに来たらしい。

「だって、流石ローズ様！　しか言われないんだもの。みんなの協力でクリアできたのに、なんだか嫌になっちゃう」

「言わせておけばいいさ。俺たちの功績は、俺たちで知っていればいい。だろ？」

「そうだぜ！　俺も別に色々と言われるのは慣れてるからな！　主に、レイのおかげでな！」

「ははは……それは、違いないなエヴィ」

「ふふ、だろ？」

互いにニヤッと笑いを向ける。

「わ……私も。みんなでクリアできたのが……嬉しかったし……私も役に立てるってわかって、嬉しかったよっ……！」

「あぁ〜。もう、エリサってば本当に可愛いわね〜」

「うわっ!!」

隣に座っているエリサに思い切り抱きつくアメリア。

ストレスでも溜《た》まっているのだろう。

貴族間のやり取りは知らないが、きっとアメリアにとって良いものではないということだけはよく分かった。

俺たちはそのまま、束の間《つかま》の休息を楽しむのであった。

# 第三章 学院での日常

「ふっ……ふっ……レイ、本当にいいのか？」

「あぁ。今が頃合いだろう……ふっ……ふんっ！」

「そうか……ふっ……ふっ……」

夜。

俺たちは寮の一室で互いに声をあげながら会話をしていた。

もちろん、ボクサーパンツを穿《は》いているだけであとは何も着ていない。こんなほぼ裸の状態で何をしているのか……それは……。

筋トレだ。

筋肉を信じ、筋肉を崇《あが》めよ、さすれば救われん。

これこそが師匠の教えの一つでもある。

今は衰えたが、当時は師匠も女性にしては異常なほどの筋肉を蓄えていた。俺はその教えを、こうして学生になった今でも実践している。

「いろいろと見て回ったんだろ？」

「あぁ。でもやはり、選ぶなら……環境調査部と園芸部だな」

「意外な組みわせだが、俺はいいと思うぜ」

二人での合同筋トレを終了し、今はほぼ裸のままプロテインを補充する。筋肉には何よりもプロテインだ。

ちなみに今している話は、部活動である。

アーノルド魔術学院に限らず、魔術学院には部活動が存在している。

俺はそんなことは全く知らなかったが、強制ではないものの、入学してから多くの学生は部活動に精を出すのだという。

それは娯楽目的から実用的なものまで、様々だ。

俺はこの約二ヵ月間は部活動の様子を見に、放課後の時間を使ったりしていた。

あまりいい顔をされないこともあったが、こうして俺は決めたのだ。

自分が何部に所属するのかを。

掛け持ちは許されているので、数ある中でも環境調査部と園芸部に決定した。

「俺は普通に入部できたが、レイは苦労するかもな」

「任せておけ。俺はこれでも……これを持っている」

スッと近くの机から取り出すのは、とあるカード。

一見すれば普通のカードだが、それは見る者が見ればわかる代物だ。

「は⁉　まじかよ！」

「実は一年前に取得してな」

「……はは。そりゃあすげぇな。きっと部長も喜ぶと思うが、それは後にとっておくとい

「どうしてだ？」

「その方が面白いだろう？」

「ふふ、だな」

そうして俺たちはすぐに眠りにつく。筋肉にとって休息は大事だ。夜更かしなど、もってのほかだからな。

「さて、レイ。俺はお前を紹介しない」

「それはわかっている」

「自分の力で切り開く、だろ？」

「俺がいい始めたことだからな。一般人《オーディナリー》、枯れた魔術師《ウィザード》。その先入観を拭うためにも、自分で切り開くさ」

「じゃ、部室で待ってるな」

「了解した」

放課後。

エヴィとそう話して、俺は彼の背中を見送った。

「よし……行くか」

環境調査部に入るには、いろいろとクリアすべきことがある。それに人間同士の付き合いになるのだ。

悪い関係は育みたくはない。

だからこそ、俺は積んで来た。エヴィと共にこの二ヵ月もの間……な。

「ふふ。俺の大胸筋も笑っているようだな」

と、自分の大胸筋を触りながら俺は部室へと向かう。

「――頼もうッ！」

そう言って、コンコンコンと扉をノックする。

部室がある棟にやって来て、俺は【環境調査部】と書かれている部屋の扉の前に立っている。

「……誰だ？」

扉が開くと、その場で自己紹介をする。

「レイ＝ホワイトと申します」

「……例の一般人《オーディナリー》か。で、何の用だ？」

「入部希望であります。部長」

「ほう……俺の顔は知っているようだな」

「は。入るからにはある程度のリサーチはしているので」

「いいだろう。話は聞こう」

「失礼します」

その場で礼をすると、俺は室内に案内される。

中にはホワイトボードと、それに各部員が使っているらしきロッカーが存在した。

そしてもちろん、そこには部員の方々がいた。

数はそれほど多くはない。エヴィ、部長も含めて七人。俺を含めれば八人がこの場にいることになる。

「さてお前ら、入部希望者だ。こんな時期に……な」

そう部長が告げると、エヴィを除いて鋭い目つきで俺を見てくる。

そこにいるのは筋骨隆々の屈強な男たちだ。


環境調査部。


それは森、山、川、果ては氷河地帯まで冒険をする部活動だ。あらゆる環境を調査するという目的を果たすために、日夜環境と戦っている。

そうして環境調査をする者のことを総称して、ハンターという。

卒業後にはハンターを目指す者もおり、この部活はそういう人間の集まりである。

補足だが、今は女子部員はいないらしい。

「ほう……」

「細いな」

「一般人《オーディナリー》を考慮しなくても、このバルクはちょっとな……」

「確かに線が細い」

そんな反応をされる。もちろんエヴィは何の反応もしない。

「さて、脱げ。まずはそれで見極めようじゃないか」

黒髪で刈り上げている、一番身長が高く、一番筋肉が厚い人。

それが部長だった。現在は四年生らしく、金級《ゴールド》のハンター免許《ライセンス》を持っているらしい。

つまりは、金級《ゴールド》ハンター。

魔術師の階級と同じで、ハンターもまた階級に分かれている。

その中でもトップのハンターは日夜この世界を駆け回っている。

金級《ゴールド》ハンターはハンターの中でも別格の存在。学生でそこにたどり着いている部長は、歴代の部長の中でも随一だと聞き及んでいる。

「了解しました」

俺は脱げ、と言われるのは知っていた。

それはエヴィがすでに経験していたからだ。

俺は躊躇《ちゅうちょ》などなく、ボクサーパンツ以外の全てをその場に脱ぎ去った。

そして自身の身体《からだ》を見せつける。

この筋肉で覆われた圧倒的な肉体《ボディ》を。

「……な⁉」

「何だ、あのバルクは……！」

「でかいッ！　着痩せするタイプだったのかッ⁉」

「ほぅ……なるほど」

部長は驚きの声を上げずに、ただじっと俺を見つめていた。

「レイといったな……」

「はい。部長」

「──いい筋肉だ。大胸筋、上腕二頭筋、大腿筋《だいたいきん》、僧帽筋《そうぼうきん》、バランスがいいが……レイ。お前はやっている側だな？」

「……わかりますか？」

「俺を誰だと思っている。金級《ゴールド》ハンター？　決して魅せるためだけではない。実際に体を動かして身につけた筋肉も含まれているな」

「流石《さすが》ですね。脱帽です。実は、私の実家はドグマの森の近くでして。よくそこを駆け回っていたのです」

ニヤリと笑うと、さらに他の部員が反応する。

「ドグマの森、だと⁉」

「難易度指定、S級の森だよな⁉」

「な……なるほど……それで、あのバルクなのかッ！」

そうして部長もまた、ニヤリと笑ってこう告げる。

「いいだろう。第一次試験は合格だ。あとは、実技を見ようではないか」

「は。了解しました」

「今日は全員でカフカの森に向かう。全員、準備をしろ」

『了解！』

ということで俺たちはカフカの森に向かうことになった。


カフカの森に到着。

もちろん俺はまだエヴィとは話をしていない。合格のその瞬間まで、喜びは分かち合わない約束だからだ。

「レイ」

「はい部長」

「あれを見ろ」

「……巨大蛇《ヒュージスネーク》ですね。危険度、B級の」

「あれを処理しろ」

「一人で、ですか？」

「そうだ。それくらいの実力はいる。今年はエヴィしかいい奴《やつ》がいなかったからな。お前には期待しているぞ？　そのバルクが偽物でないことを示せ」

「——分かりました」

すぐに内部《インサイド》コードを体に走らせると、一気に距離を詰める。

持ってきているのはブロードソード。一般的な剣の一種だ。

そして俺は巨大蛇《ヒュージスネーク》に感知される前に駆け抜けて——一閃《いっせん》。

その首を薙《な》いだ。

だがこれで終わりではない。俺はすぐに刎《は》ねた頭を潰すと、そのまま残った胴体の処理に移る。

巨大蛇《ヒュージスネーク》の特徴は、頭を落としても動き続けることだ。

そのため、油断したハンターがその残った胴体に絞め殺されることもある。

「よし……これでいいでしょうか？」

すぐに胴体も串刺しにして、その処理を終える。

頭と胴体。適切な処理ができたと俺は自負する。

「ほう……なるほど。ドグマの森での経験は本当のようだな」

「はい。そしてここで、皆さんに差し入れがございます」

「何だそれは？」

「エインズワース式、秘伝のタレです」

他の部員の方に火を起こしてもらって、すぐに調理に入る。胴体の一部をナイフで搔《か》っ捌《さば》くと、皮を剝いで、分厚い身の部分を取り出す。

それを八人分用意して、蒲焼《かばやき》の状態にして串に刺して焼いていく。

その際に使用するのがエインズワースの秘伝のタレだ。

師匠は、料理はできないが、なぜかこういった調味料を生み出すのは天才的だった。

俺が調理して、師匠が調味料を提供する。

その経験がこうして生きているのだ。

「出来上がりました」

「ほう……」

「おぉ！」

「すげぇ！　めっちゃうまそうだ！」

全員共に、ハンターの端くれ。

こうして蛇を食べることに抵抗などないようだった。

「む……!?」

「う、うまい！」

「何だこれは……ッ！　悪魔的だぞッ！」

その反応は予想した通りだった。

「レイ」

「はい部長」

「貴様、もしかして……持っているな？」

「流石の慧眼《けいがん》。実は私も……」

ポケットから取り出すのは、金級《ゴールド》の……ハンター免許《ライセンス》だった。

「なぁ……⁉」

「部長と同じ、金級《ゴールド》……だと⁉」

「まさか！　一般人《オーディナリー》が金級《ゴールド》だと……しかし、それだと得心がいく。このスキルは只者《ただもの》じゃないッ！　こいつには確かな凄《すご》みが、あるッ！」

ニヤリと笑うと、部長もまたニヤリとほほ笑み返してくる。

「そうか。レイもまた、あの課程をクリアしたのか」

「はい。中々過酷でした」

「俺が金級《ゴールド》になったのは去年だ。お前はいつ取ったんだ？」

「自分も去年です」

「……逸材、だな。ここまでくれば、文句はないな。なぁ、そうだろ……お前たち！」

部長が声を上げると、蛇の蒲焼を食べているみんなが声を上げる。

「もちろんだ！」

「あぁ！　一般人《オーディナリー》なんか関係ない！」

「そうだ！　そもそもうちの部には貴族もいないからな！　それこそ、一般人《オーディナリー》なんて関係ないぜ！」

「レイ……だったな？　よろしく頼むぜ！」

どうやら俺は入部を許可されたらしい。

「ふ……お前がこの環境調査部の柱になれ」

「は。謹んで、お受けいたします」

恭しく礼をして、ちらっと見るとエヴィもまたグッと親指を立てていた。

とりあえず、環境調査部には入部できそうだった。

さて次は女性の花園である……園芸部に向かおうか。


「頼もう！」

その声とは裏腹に、優しくコンコンとドアをノックする。

今回の場所には【園芸部】と書かれている。

俺は以前から園芸には興味があった。

園芸部とは植物を愛《め》で、育てることを目的とした部活だ。

しかし、ここは男子禁制と言わんばかりに、女子ばかり。

別にそういった規約はないのだが、自然とそうなっているらしい。

特に園芸部にはあの人がいる。

それはレベッカ先輩だ。

色々と極秘の調査を独自にしてみると、どうやらレベッカ先輩は同性から人気が高いらしい。そのため、彼女を囲うようにして出来ているのが今の園芸部。

別名、花園《はなぞの》。

そこに近寄る男子はいない。

でも俺は、どうしても入部したかった。

昔から俺は植物、特に花のことをもっと知りたいと思っていたからだ。

まだ勉強不足なため、知識はそれほどない。

それは、これからしっかりと学んでいきたいと思っている。

それに、男子でも入部できないことはない。

俺はこの学院に来たからには自分のやりたいことを徹底してやりたいと思っている。

極東戦役を経験し、そして退役して普通の学生になったからこそ……できることがあるのだから。

あの過酷な戦場の中でも、懸命に咲く花を見て思った。いつか自分でも、綺麗《きれい》な花を育ててみたいと。これは以前からずっと思っていたことで、せっかく学院に入学したからこそ、部活動として取り組んでみたい。

「あら、レイさん。私に用事ですか？」

「入部希望です。レベッカ先輩」

「えっと……その、園芸にご興味が？」

レベッカ先輩は、やはり少し戸惑っているようだった。

「はい」

「そうですか。まずはお話を聞きましょう」

「失礼します」

レベッカ先輩の後を追うようにして、室内に入る。

中には様々な植物が置いてあった。

花ももちろんだが、見たことのない植物もある。

あれは確か、食虫植物だったか？

非常に興味深いな。

「ではそちらに、どうぞ」

「はい。失礼します」

もちろん、中にいる女子生徒の目線は厳しいものだった。

なんだこいつは？　と言わんばかりの視線だ。

「それで、入部希望なのですか？」

「はい」

「園芸にご興味があるとか」

「そうですね。私はこうして懸命に生きている植物に関心があるのです。たとえどれほどひどい環境であっても——それこそ、戦場であっても一輪の花は存在します。私はその儚《はかな》げな存在に心を打たれ、この学院では園芸部員として活動したいと考えております」

「男子部員はいませんが……大丈夫なのですか？」

不安はある。環境調査部と違って、女性しかいない。

しかし、師匠やアビーさん、それにもう一人の女性の三人と俺は過去に一緒に暮らしていた背景がある。女性に対して、苦手意識はない。

「はい。女性とコミュニケーションを取るのは苦ではありません」

「そうですか。みなさんはどうですか？」

「私は反対です！」

バンッ、と机を叩《たた》いて立ち上がったのは一人の女子生徒。

茶髪のショートヘアーでいかにも活発そうな人だった。

「どうせこいつはレベッカ様が目的に決まっています」

もちろん俺は反論する。

「それは勘違いです。えっと……お名前は？」

「ディーナ＝セラ。三年よ」

「セラ先輩。これからよろしくお願いいたします」

「ふん。で、あんた。園芸はちゃんと知っているの？」

「いえ。まだ浅学ですが……一応、ある程度の知識は」

ふん、と鼻から息を漏らして腕を組むセラ先輩。

「言ってみなさい」

「まずは道具ですね。花苗《はななえ》に培養土にプランター。あとは薬剤、肥料など……それと、スコップ、手袋、ジョウロなどがあると便利だと書物で学びました。私としては、マーガレットが好きなのですが、今が季節ですよね？」

学んだ知識を披露すると、セラ先輩はさらに機嫌が悪くなる。

「ふ……ふん。ま、勉強はしているようだけど。私は仮入部で様子を見るべきだと思います！」

そういうと、他の女子生徒もウンウンと頷《うなず》いている。

「そうですね。では、レイさんの件はディーナさんにお任せしても？」

「え！　私ですか？」

セラ先輩は驚いたのか、大きな声をあげた。

「はい。あなたに一任いたします。彼が相応《ふさわ》しくないと思うのなら、入部を拒否しても構いません」

「わかりました。どうせ数日で化けの皮が剝がれるに決まっているわ」

「よろしくお願いいたします、セラ先輩」

その場で丁寧に一礼をする。

「ふん……っ！」

プイッと横を向かれてしまう。

なるほど、これが花園……か。

男には厳しい世界。

しかし俺には目的がある。あの戦場で見た花を、自分でも育ててみたいのだ。

だからこそ、頑張ろう。

そう改めて誓うのだった。


「おはようございます！　セラ先輩！」

先輩の顔を見つけると、大きな声で挨拶をする。

「おはよ。いい心がけね。集合の十分前に来るなんて」

「しかし先輩の方が早いようで。申し訳ありません」

「別に……あんたに気を使っているわけじゃないわ」

「そうでしたか」

先輩には朝六時にこの場所に来るように言われていたのだ。俺は十分前行動を心がけており、早めに来たのだが……どうやらセラ先輩の方が早いようだった。

「……なんか調子狂うのよね、あんた。ま、いいわ。これから一週間、朝と放課後にここを耕《たがや》しなさい。いいこと。ちゃんと見に来るからね」

「ここを、ですか？」

「そうよ」

「なるほど。新しい庭を作ろうと計画中なのですね」

どうやら俺に課された試験は、新しい庭を一から作って欲しい……というものだった。

「新しくスペースを学院から貰《もら》ったから、ついでよ。でも雑草は生えているし、まだ土も整っていないし、まだまだね。そこであなたに一週間以内で仕上げてほしいの」

「得心がいきました。これが入部試験、ですね」

「ええ。でも一人でやるのよ？」

「分かりました」

「じゃ、頑張って」

最後に去り際に、「どうせ、できるわけないわ」と聞こえた。

なるほど。ならばそれを覆《くつがえ》させてもらおうか。

ＤＡＹ１

「まずは雑草を抜くか」

一日目。

俺は雑草を抜くことから始めた。これればかりは魔術ではどうにもできないし、ここは地道にやっていくべきだろう。その日はひたすらに雑草を抜いた。

地道にやっていこう。まだ時間はあるからな。

ＤＡＹ２

「今日は掘るか……」

フッと一人でほくそ笑む。

俺は肩にスコップを担いでいた。道具は自由に使っていいと言っていたので、早速その道具を使って一人で作業に励む。

こうして俺は今日の早朝と放課後は一人で黙々と掘る作業を続けるのだった。

ＤＡＹ３

「うむ。いい調子だな」

全ての土を掘り返して、あとは土台となるベースを構築して……残りはそうだな。

枠取りが必要だ。

俺は書籍で学んだ通りの手順を踏む。

まずはレンガを水に軽くつけて、縁取りをスコップで掻く。

「うむ……この程度だろうか」

その後は路盤材を引いてセメントを重ねてレンガを置く。

レンガ用のコテでセメントを伸ばしては引き、その上にレンガを重ねて、同じ作業を続ける。

俺は無心になって続けた。

　こうなったら、やれるところまでやろうと。

　ＤＡＹ４

「よし。完璧だ」

　終わった。昨日にはほぼ全ての作業を終えており、今日は仕上げだけだった。自分としても納得のいくものができたと思う。

　いいものができたぞ！　これなら、大丈夫だろう！

　さて、セラ先輩に報告を……。

　そう思った矢先に、ひょこっとセラ先輩が姿を見せる。

「出来たみたいね」

「見ていたのですか？」

「ええ。ずっとね」

「なるほど。魔術を使って隠れていたのですね？」

　視線はずっと感じていた。それは監視しているというよりも、どこか心配そうなものだったが……言うのは野暮というものだろう。

「……！　わかっていたの？」

「気配はありましたから。ご心配いただき、ありがとうございます」

「別に心配とかじゃないけどっ！　で、頑張ったじゃない」

「はい。道具一式と、書物をお借りできたので、自分なりに仕上げてみました。試験はいかがでしょうか？」

「……よ」

声が小さくてよく聞こえなかった。

俺はもう一度尋ね返す。

「申し訳ありません。もう一度、言ってもらっても？」

「だから合格よって！」

「おぉ！　それはありがたいお話です」

今度は大きな声で、セラ先輩はそのように伝えてくれた。

「別にあんたがレベッカ様を狙ってないことは証明できてないのよ？　でも、一人でよく頑張ってるなって……思って。一般人《オーディナリー》とか関係ないというか、私もムキになって悪かったというか……」

「なるほど……色々と思うところはあるかもしれませんが、今後ともよろしくお願いします。セラ先輩」

先輩はプイっと横を向いて目を逸《そ》らす。そして腕を組んで、じっと俺のことを見てくる。

「ふんっ……！　あんたのことは認めてあげる。ただし、レベッカ先輩におかしなことはするんじゃないわよ？」

急に距離を詰めてくると、俺の胸にトントンと指先を当ててきた。

それは忠告だろう。もちろん、そんなことをするつもりはない。

「もちろんです。レベッカ先輩だけでなく、他の方々にも無礼のないように気をつけます」

「ちゃんと覚えておきなさいよ？」

セラ先輩が去っていくと、ちょうど入れ替わりで、レベッカ先輩がやって来た。

「レイさん」

「レベッカ先輩。見ていたのですか？」

「ええ。どうやら、上手《うま》くやったようですね」

「これからよろしくお願いします」

レベッカ先輩にもまた、丁寧に頭を下げる。

いうならば俺は新兵。これからしっかりと、努力をしていく必要がある。

「私はもともと、あなたがちゃんとした動機を持っていたのは分かっていました。でも他の部員の方が納得いかないだろうと。そう思いまして」

「はい。理解しているつもりです。女性部員の方が不快にならないように、気を配りたいと思います」

そういうと、先輩はいつものようにニコリと微笑《ほほえ》んでくれる。

「ふふ。きっとレイさんなら、できますよ。それにしても……立派なものを作りましたね」

視線を俺から外し、新しく作った小さな庭を見つめる先輩。

「素人ですが、最大限努力はしたつもりです」

「ではここに新しい花を植えましょう」

「はい！」

俺の部活動への入部は、こうして二つとも無事に成功するのだった。

◇

「すみません。お願いします」

「わかりました」

週末となり、休日がやって来た。俺は外出届を提出して、ある場所を目指していた。

「……ふぅ」

アーノルド王国。

北側は森や山などが多く、学院もその近くにある。一方の東と西は居住区域。南は農地などが多い場所である。

中央はもちろん、一番栄えている場所で最も人が多い。特に休日はかなりの人でごった返しになっている。

俺は馬車に乗って、西の奥の方へと進んでいく。

馬車は運賃を払えば指定の場所まで連れて行ってくれる。徒歩で行っても良かったが、少しばかり遠いので今回は馬車を使った。

「これでいいだろうか？」

「どうも」

料金を支払うと、馬車を降りてさらに奥へ進んでいく。

木々が生い茂っていて自然に溢《あふ》れている場所だ。よくみると野生動物もいるのか、ウサギがぴょこっと顔を出している。

微笑ましい光景だ。

俺はフッと微笑を漏らすと、見えてきた洋館を視界に捉える。

そして迷いなく、扉へと向かう。

「…………」

コンコンコンと軽くノックする。訪問の時刻は手紙で事前に知らせているので、すぐに出ると思うが……。

「レイ様、ご無沙汰しております」

「カーラさん。こちらこそ、ご無沙汰しております。師匠は？」

「中でお持ちしております。どうぞ」

「失礼します」

その場で一礼をして、室内に入る。

天井にはシャンデリアが飾ってあり、それに室内の装飾も豪華なものとなっている。

光に照らされて輝く装飾品。

それを横目に見ながら、俺はある一室へ招かれた。

「どうぞ。私は紅茶とお菓子を持って来ますので」

「いつもありがとうございます。カーラさん」

カーラさんとの付き合いはちょうど三年ほどになるだろうか。

メイドとして師匠の元でずっと働いているようだが、表情を一つとして変えない、ものすごく寡黙な人である。

もっとも、仕事はしっかりとできるということから師匠に雇われているのだろうが。

「失礼します」

「ん？　おぉ！　レイか！　久しぶりじゃないか！　背、伸びたか？」

室内に入ると、ちょうど彼女の姿が目に入る。

「伸びていませんよ、師匠」

「そうか。だが、今やお前を見上げることの方が多いからな。昔と違って、な」

「そうですね。師匠も変わらず美しいままで」

「ふふ、だろ？」

「えぇ。以前よりも柔らかい印象です」

「ま、もう軍人ではないしな。研究者として生きるのに、あの苛烈さはもう必要あるまい」

「そうですね」

俺の口調も、師匠の前ではどこか柔らかいものになる。昔からの付き合いなので、当然といえば当然なのだが。

そして、その視線は俺よりもだいぶ低い。ちょうど、腰ぐらいの位置だろうか。

それは、師匠の背が異常に低いと言うことではない。

なぜならば、リディア＝エインズワースこと俺の師匠は……車椅子に座っているからだ。

「お身体は大丈夫ですか、師匠」

「あぁ……最近はだいぶ良くなったが、ここはやはり……まだだな」

パンパンと太ももを叩く。

師匠は極東戦役の最終戦で負傷、下半身が麻痺《まひ》して動かなくなってしまったのだ。

そのため、彼女は三年前からこうして車椅子で生活をしている。

「レイ。座るといい」

「はい」

そう促されて、俺は目の前のダイニングテーブルに備え付けられている椅子に腰を下ろす。

師匠と会ったのは……入学する前が最後だから、二ヵ月近く会っていなかったのか。改めて、ずっと一緒だった人と違う場所で生活しているというのは変な感じがした。

「さて改めて……健勝か、レイよ」

「はい師匠。ですが、やはり……」

「そうか。そっちはまだか。私の見立てでは、五年近くはかかるだろうからな。もちろん
――」

師匠が全てを言い切る前に、俺は言葉を重ねた。

「わかっています。アレの使用は厳禁、ですよね？」

「その通りだ。だがいざという時は、いいだろう。お前は私の跡を継いだ【氷剣の魔術師】なのだからな」

師匠の言うとおり、俺は当代の【氷剣の魔術師】だ。

「心得ております。師匠の教えは全て叩《たた》き込《こ》んでおりますので」

「ふふ……そうだな。懐かしいものだ」

すると師匠は、ふと過去を思い出したかのように、遠くを見据えながらそう呟《つぶや》いた。

「エインズワース式ブートキャンプ。懐かしいものです」

「あははは！　あれをお前は子どもの段階でクリアしているからな!!　当時は私も大笑いしたものさ。軍の中にいる屈強な男どもでさえ、ギブアップしていく中、お前は最後まで食らいついていたからな」

「それだけが、取り柄でしたので……」

師匠との付き合いは、もう十年くらいのものになる。

思えば、ここまで長いようで、短いものだった。それに、互いの立場も変わった。改め

てそんな今が、どこか感慨深い。

「あの幼かったレイが、今や学生か……時間が経《た》つのも早いものだ」

「それはアビーさんもおっしゃっていました」

そういうと、さらに師匠は声を上げる。

「あははは！　そうか！　そういえば、あいつも学院長をしているんだったな！」

「はい。自分もなんだか新鮮な思いです」

「ふふ。そうか……変わったな、あいつも。あの部隊にいた全員が、今やこうして別々の道に進んでいるのだからな」

「そうですね。時間が経つのは早いものです」

そして師匠は、話題を変える。

「退役してどうだ？　学院は楽しいか？」

「軍の中にいないのは……少し違和感を覚えますが、そうですね。学院では楽しく過ごしています」

「それは良かった」

にこりと微笑む師匠。

かつては長かった金髪を、今では肩ぐらいのセミロングにしていて雰囲気も柔らかくなった。少佐として軍人をしていた頃からは考えられないほどに。

それにその碧色《あおいろ》の瞳もまた、変わりはなかった。

師匠はやはり、師匠のままで、美しい姿のままだ。

と、話している間に、カーラさんが紅茶と茶菓子を持って来てくれた。

いつものように、アールグレイにパウンドケーキだ。

特にカーラさんの作るケーキはとても美味《おい》しくて、俺はこれを楽しみにしている側面もある。

「しかし学院では、枯れた魔術師《ウィザード》という蔑称もつけられましたが」

「お！　早速やられているのか！」

ニヤリと笑う師匠。

その姿はやはり、どこか懐かしい。

「はい。どうやら一般人《オーディナリー》はいい顔をされないようでして」

そういうと、彼女は腹を抱えて笑い始める。

「ははは！　そうか！　どうせ貴族あたりに、疎まれているんだろうなっ！　お前は何を言っても通用しないからな！」

「しかし、やはりまだ魔術はうまく使えないので、彼らの主張もその通りかと」

俺は正直な感想を述べる。

実際のところ、こればかりは仕方がないだろう。

「ふふ……それにしても、枯れた魔術師《ウィザード》か。ダブルミーニングだろ？」

「はい。【魔術師】と、【枯れている】をかけているようで」

「流石の貴族様だな。嫌がらせの才能があるな。ぷ、ククク……」

「師匠、笑いすぎですよ」

彼女はとうとう腹を抱えて笑い始めてしまった。

その様子を見て、俺は懐かしいと思うと同時に、どこか心地いい感覚があった。

やはり師匠と一緒にいると、心が落ち着く。

「ははは……すまない。私の時も同じような感じだったからな……ククク……」

「師匠の時も、ですか？」

「私も魔術師の家系とはいえ、血統としては全く優秀ではない。底辺も底辺の出身だったからな」

「そういえば、そうでしたね」

師匠は魔術師の家系ではあるが、貴族ではないし、優秀な血統でもない。

しかし彼女は、元七大魔術師であることに間違いはない。

「ククク……私も当時は貴族に同じことをされたもんさ。奴らのいじめの技術は一流だったからな」

「して、師匠はどうしたのですか？」

そういうと今度は、ニヤリと不敵に笑うのだった。

「ん？　もちろん蹴散らしたさ」

「ふふ、そうですか。容易に思い描ける図です」

その姿が容易に想像できて、クスリと笑ってしまう。

「レイもやってみるといい」

「いえ。自分は平穏な学院生活を望んでいるので」

「そうか……ま、その程度のいじめなど無視しておけ。いずれ飽きる。特にお前を弄《いじ》れるのは私しかいないからな」

「はは。それは間違い無いですね」

二人で談笑していると、師匠は本題に入るのか急に目つきが鋭くなる。

「さてレイ。少し真面目な話をしようか」

「はい。師匠」

「最近、ある噂《うわさ》が研究者の中で広まっている」

「噂ですか？　それも師匠が気にするほどの」

「そうだ。それは魔術記憶《エングラム》に関してだ」

「魔術記憶《エングラム》……ですか？」

「あぁ。説明しよう」

俺は師匠にその魔術記憶《エングラム》とやらについての話を聞く。

「さて、まずは少し遡《さかのぼ》ろうか」

師匠はそう言うと、悠然と紅茶に口をつけてそれをゆっくりと流し込む。

その姿はとても様になっており、まるでどこかの令嬢の、優雅な午後のひと時という印象を受けた。

大雑把な性格だが、師匠のこういうところは変わらないものだ。

「二重コード理論を発見した時のこと、覚えているか？」

「はい。だが元々極東戦役の最中から、仮説は立てていたんですよね？」

「そうだ。すでに理論自体は組み上がっていたからな。あとはテキトーに論文にして、発表しただけだ」

「流石ですね」

師匠は天才だ。

俺などは足元にも及ばないほどの才能を持つ。

【氷剣の魔術師】として戦闘技能が高いのはもちろんだったが、研究者として魔術の研究も行っている……まさに非の打ち所のない天才なのである。

「それと、魔術記憶《エングラム》？　ですか。何の関係が」

「私は昔から思っていたのさ。それこそ、学生のころからな」

「それは……なんですか？」

「皆は魔術の研究というと、魔術そのものに焦点を当てるだろう？」

「そうですね。コード理論の解析や、新しいコードの発見。それにコード理論の四つのプロセスに新しいプロセスは組み込めないかなど……でしょうか」

「さすがは私の弟子だ。よくわかっているが、私はそこに焦点を当てなかった。だからこそ、二重コード理論を発見できた」

「では師匠はどこに、関心を……？」

そうして、トントンと人差し指で頭を叩く師匠。

「ここだよ」

「頭……いえ、脳でしょうか」

「そうだ」

師匠はさらに問いかけてくる。

「魔術は脳のどこで発生している？」

「前頭葉では？　前頭葉は人間の理性的な部分を司《つかさど》る器官です。そこからさらに発達して、そこでコード理論が適応されている……いわゆる魔術領域のことですね」

俺がそう言うと、師匠は微《かす》かに頷く。

「その通りだ。でも考えてみろ。前頭葉でコード理論により、コード……つまりは内部情報形式が処理される。それはいいだろう。でも、そのコードを使うためには魔術を記憶として保持しなければならない」

記憶か。確かに言われてみれば、その通りだ。

魔術をなんとなく使ってはいるが、それには記憶が不可欠だ。

そうしなければ、同じ魔術を再現するのは不可能だからだ。

「それこそ、一種のメンタルモデルとしてな。そうしなければ人は魔術をすぐに忘れてし

まう。私も脳という観点に立ち返って二重コード理論を発見したからな」

二重コード理論を発見したときのことは今でも覚えている。

しかし、そのような背景までは聞いていなかったので、改めて興味深いと思った。

「さて、私が脳という部分に着目して研究したことが明らかになると……この世界のムーブメントは、魔術そのものではなく、脳に行き始めた。今や、魔術と脳は密接な関係にあると言ってもいい」

その話を聞いて、得心がいった。

「なるほど……そこで、魔術記憶《エングラム》の登場なのですね」

「そうだ。神経細胞の中に魔術を記憶として蓄えるものが発見された。それこそが――」

「魔術記憶《エングラム》、というわけですね」

「その通りだ。魔術記憶《エングラム》とは魔術の記憶と表現してもいい。脳の回路、神経細胞に存在するものは何か。突き詰めると、一体魔術とは何か、脳とは何か、そして……人間の根源とは何か。それこそが、今の研究の流行なのだが、ここで問題が発生した」

その話を聞いて師匠が何を言いたいのか、おおよその答えを得ていた。

人の脳を研究するのが、魔術の解明につながる。

ならば、その脳の研究はどうすればいい？

どうやって脳を調達すればいい？

答えはやはり、予想した通りだった。

「非人道的な実験をする輩《やから》が出たのですね？」

「そうだ。奴らは魔術で脳内を読み取るよりも、直接切り開いていじる方がいいと判断したのだろう。しかしそれは、人の尊厳を奪う危険な思想だ。私とて、未《いま》だに聖級《グランド》の魔術師であり、自分が異常者だという自覚はある。しかし、超えてはいけない一線は弁《わきま》えているつもりだ。そんな時だが、私にある連絡が来た」

そう言うと、師匠はポケットから手紙を取り出した。

「それは？」

「手紙だ。何でも、私を勧誘したいらしい。組織名は優生機関《ユーゼニクス》だ」

「優生機関《ユーゼニクス》……文字通り、優生思想に染まっているのですか？」

優生思想。

それは生物の遺伝構造を書き換え、より優秀な遺伝子を残し、劣勢なものは排除していくという危険な思想だ。

その考えの前では、全てが遺伝子で決まる。

つまりは、人間の価値がそれだけで決まってしまうということだ。

それを掲げている組織が立ち上がるとは……馬鹿げていると思う反面、それも人間の性質の一種。

ある種これは、時代の流れなのかもしれないと俺は思った。

「最高の環境を提供すると書いてあるが、こんなものは無視だ。人の尊厳無くして、人類の発展はあり得ない。それこそ、その先に待っているのは、暗黒郷《ディストピア》でしかない。ま、奴らにとっては理想郷《ユートピア》なのだろうが……」

「……なるほど。そんな組織が台頭《たいとう》しているのですね」

「そうみたいだ。そこで奴らは、ダークトライアドシステムなるものを完成させたらしい。噂程度の話だが」

「ダークトライアドシステム？　人間の暗黒面の話でしょうか？」

ダークトライアド。

それは人間の心理の暗黒面。

それは三つに分類され、ナルシシズム、マキャベリズム、サイコパシーと呼ばれている。

「その通りだ。ナルシシズム、マキャベリズム、サイコパシーの三つを魔術的に応用したらしい。ま、詳細は知らんが決して良いものではないだろう。魔術の真理がどうとか言っているようだ。とまぁ……色々と言ったが、実は七大魔術師にも声がかかっているらしい。キャロルのやつがそう言っていたからな。そして、レイにも声がかかるかもしれない」

「なるほど」

どうやら俺のことを心配してくれているみたいだった。

師匠は何かと厳しい人だが、このように情に厚い人でもある。

「だからこそ、忠告だ。耳を傾けるなよ、奴らの言葉には」

「もちろんです。そんな非人道的な実験に加担するほど、俺は落ちぶれてはいません」

「そうだろうな。お前は私の一番弟子だからな。でも、弟子を心配する気持ちもわかってくれ。今となってはもう、私にレイを守ってやれる力はないのだから」

「……はい」

師匠は話を終えて疲れたのか、背もたれにグッと背中を預けると、そのままフォークをパウンドケーキに刺して口に運ぶ。

俺もまた今は糖分が欲しい気分になったので、同じような所作を行う。

──うん。美味《うま》いッ！

やはり、カーラさんのケーキの腕前は王国一だと思う。ここにきて良かったと思える理由の一つでもある。

しかし、魔術の真理を極めようとする集団か……一応、気にかけておくか……。

師匠の言葉にもあるように、俺はもう自分の身は自分で守る必要がある。

今までのように、師匠に守ってもらうことはできない。

それは、車椅子に座っているその姿が如実に物語っている。

だからこそ俺は、これからは守ってもらうのではなく、守る側になりたいと思った。

「少し外に出ないか？　今の時間だと、森林浴が心地いいんだ。今日はレイと一緒に行きたい」

「わかりました。師匠」

「外出用の車椅子はこっちにある」

「はい」

俺は室内の隅にある外出用の車椅子を持ってくる。

そして師匠の体を抱きかかえると、そのままそっちの車椅子に移動させる。

抱きかかえる際に体が密着し、瞬間フワッとした香りが鼻腔《びこう》を抜けていく。

「香水、つけているんですか？」

「あぁ。今日はレイに会うからな。特別だ。それに服装も、髪型もイケてるだろ？」

「ええ。初めはどこかの令嬢かと思いましたよ。師匠は、容姿はいいですから」

「あ？　容姿は、って何だ？」

「い……いえ。性格も美しいですよ？」

「だよな～。分かっているじゃないか」

「はい……」

とまぁ、頭が上がらないのはいつも通りだ。

カーラさんに外出してくると伝えると、俺たちは外に出ていく。

「おぉ……気持ちいいですね」

「そうだろう？」

車椅子を押しながら、二人で森の中を進む。

昔はただ見上げるだけだった背中が、今はこうして上から見下ろすほどになってしまった。

そこに郷愁を覚えるが、少しだけ罪悪感も思い出してしまう。

「そういえば……そろそろ六月だろう？」

「はい」

「魔術剣士競技大会《マギクス・シュバリエ》が近いな」

「えっと、確か三つの魔術学院が競い合う魔術剣士の、大会……ですよね？」

魔術剣士競技大会《マギクス・シュバリエ》。

確か、名前は聞いたことがある。それは学内で噂している生徒の声を、最近はよく聞くようになったからだ。

「一対一の正々堂々とした戦いだ。私は四連覇している。正真正銘の無敗だ」

「流石ですね、師匠」

「レイも出れば絶対に、連覇できると思うが……」

「無理でしょうね」

「だろうな。あれはトーナメント戦で、しかも連戦になることもある。今のお前では無理だろう」

「はい。しっかりと養生したいと思いますが……友人がきっと出ると思いますので、そちらの応援を」

「お、それは誰だ？」

興味があるのか、その声はどこか弾んでいた。

「アメリア＝ローズと言って、三大貴族筆頭のローズ家の長女です」

「見たことあるぞ、そいつ」

「そうなのですか？」

「ちょっとしたパーティーでな。でもそうか、同い年の友人ができたか。お前は年上に囲まれてばかりだったからな」

「そうですね。まだ友人は少ないですが、一人一人との関係を密にしていこうと思います」

「ふむ……では、これを渡しておくか」

師匠はそういうと、胸元に手を入れて、ある資料を取り出した。

「これは？　って……見覚えがありますね」

「そうだ。エインズワース式ブートキャンプ。学生にも使えるように、アレンジバージョンもある」

「そ、そうですか……」

「お前はきっと、そのアメリアとやらの力になるんだろう？　その時は使えばいいさ」

「機会があれば、参考にしたいと思います」

「ふふふ、そうだな」

そうして俺と師匠は、木漏れ日の降り注ぐ森の中を歩いていく。

悠然に、そして優雅に。

あの在りし日々を思い出しながら、こんな日がずっと続けばいいと。

そう願った——。

◇

夢。

夢を見ていた。それは俺の忌まわしき過去だ。


——鮮血。


真っ赤な血が地面に滴る。それが止まることはない。もうすでに息はない仲間から溢《あふ》れ出《で》る血液。それを止血しようと、懸命に治癒魔術をかける。

だがそれは、まるで水溜《みずたま》りのように、じわじわと広がっていく。

膝にその仲間の血が付着するが、そんなことはどうでもよかった。

「治れッ！　早く、早く治れッ！」

まだ声変わりもしていない幼い声で、俺は懸命にその腹部の出血を止めようとする。

分かっていた。

先ほどまで隣で戦っていた仲間は、すでに絶命しているのだと。

脈拍は停止し、瞳孔《どうこう》も確認したが、散大《さんだい》していた。

教えられたその死の兆候を理解していても、感情が追いつかない。

ただ懸命に俺は、治療を続ける。

「レイ」

長い金色の美しい髪を靡《なび》かせて、やって来る師匠。

リディア＝エインズワース。

【氷剣の魔術師】として全盛期を迎えている彼女は、圧倒的だった。この戦場で負けることなど、考えることはできない。俺もまた、そんな彼女と一緒に懸命に戦っている。

戦うことしか、今の俺には出来なかったから。

そんな師匠がいても、彼女は万能ではない。

必ず犠牲は出てしまう。

そんなことはないと、俺は思い込んでいた。

師匠がいて、みんながいるこの部隊で死者など出るわけがない。

今までだって、危険な任務であっても負傷者を出すことなくこなすことができた。

だが、死んでしまった。

いつも俺の頭を撫《な》でてくれた彼が……ずっと気にかけてくれていた彼は、呆気《あっけ》なくその命をここで散らした。

「レイ」

「……まだ、まだ間に合うはずですッ！」

「レイ。やめろ」

師匠が俺の手を握り締めてくる。そんな彼女を俺は睨《にら》みつけて、怒りを含んだ声を上げる。

「どうして、止めるんですかッ！」

「もう……分かっているだろう？」

「——ッ！」

あぁ。分かっているとも。分かっているさ。

俺が駆けつけたときには、すでに遅かった。そして最期の声を俺は聞いていた。

「レイ……お前は生きろ。俺は先に、この空の果てでお前の成長を見守っているさ。達者でな。お前と会うことができて、俺は本当に幸せだった。ありがとう、レイ」

微笑む。

駆けつけた時、すでに感覚はないと言っていた。

そして、握っている手から力が抜けていった。

その後、俺は懸命に治癒魔術をかけ続けていた。

それが現状。

よく見ると、師匠の綺麗な金色の髪には、血が付着していた。俺も同様だった。すでにこの身体は血で染まり切っている。

「レイ。行くぞ」

「そんなッ！」

「まだ今回の任務は終わりではない」

「でもッ!!」

瞬間、頬を叩かれた。頬に鋭い痛みが走る。

「聞き分けろ。分かっているだろう。ここは戦場だ。私たちの行動が遅れると、さらに死者が出る」

冷静に、そして冷酷に告げる事実。

俺はその言葉を呑《の》み込むだけの理性を、この時はまだ持ち合わせていなかった。

仲間が死んだという事実に、感情が追いつかない。まるで、この体がバラバラになりそうな感覚だった。

「行くぞ。レイ」

「……はい」

師匠に引きずられるようにして、俺は立ち上がる。そして師匠と一緒にやってきた仲間が、まだ温かい彼の死体を袋に詰めていく。

「……レイ。慣れろ。そうしないと、次に死ぬのはお前だ」

「……はいっ！」

溢れ出る涙。

あぁ。どうしてだろう。どうして俺はまた、守れないのだろうか。

そんな自分の不甲斐《ふがい》なさと、仲間の呆気ない死に涙を流す。


そして俺は、彼の葬儀に出た。

その日は俺たちの慟哭《どうこく》を表しているのか、雨が降っていた。

バケツをひっくり返したような、土砂降り。

真っ黒な喪服に身を包み、傘を差すことも無く、その冷たい雨に打たれながら俺は師匠に尋ねた。

「……師匠。人は死んだら、どこに行くのでしょうか」

少しだけ間を置いて、彼女は寂しげな声で答える。

「それは死んだ人間にしか分からない。私たちには、想像することしかできない。でもな、レイ――」

師匠は腰を下ろし、俺と視線を合わせると、優しい声色でこう告げた。

「私たちは、その死を背負って進み続けないといけない。これは、戒めだ。ずっと心に残り続ける、な。いつかお前にも、分かる日が来る。そして、きっと……それを受け止める事ができる」

「……………」

そう言うと彼女は、ギュッと抱きしめてくれた。強すぎず、弱すぎず、俺の小さな体を包み込むようにして、優しく包み込んでくれる。

そんな師匠もまた、静かに涙を流していた。

俺もまた、涙を流す。

それは、雨に溶けていくようにして流されていくのだった。

この悲しみもまた、いつかこの雨のように流れてしまうのだろうか。

そんなことを思った。

それから俺は、数多くの死を経験した。

初めは涙を流していた。

でも慣れてしまったのか、途中からはその涙も涸《か》れ果ててしまった。

仲間の死を見るたびに、進まないといけない……と自分を奮い立たせ、前に進んだ。

仲間の死を無駄にしないためにも。

そうしてついに、極東戦役は終わりを迎えた。

俺たちに、数多くの傷跡を残して——。


「レイ。学院に行け」

「学院、ですか？」

数年後。

極東戦役が終了した。

師匠は下半身が麻痺してしまったことから車椅子に座り、俺はただ呆然《ぼうぜん》とそんな彼女の姿を見つめていた。

空虚な日々を過ごしていた。

何をするにも、気力などなかった。

そんな時に、師匠はそのように提案してきた。

「そうだ。この王国にある、アーノルド魔術学院だ」

「学生になれと？」

「そうだ」

「……どうして？」

純粋な疑問だった。

どうして今更、学校などに通う必要があるのか。

師匠のその意図が俺には分からなかった。

「行けばわかる。言葉だけでは、理解できないことだ」

「そう……そうですか」

別にどうでもよかった。師匠が言うのなら従っておいて損はないだろう。そんな思いで、俺はアーノルド魔術学院に入学することになった。

「レイ。お前はきっと――」


「…………」

目が覚める。

夢を見ていた。それも、懐かしい夢を。

カーテンからは僅《わず》かに朝日が差し込んできていた。

ふと、自分の両手を見つめる。

血に塗《まみ》れてはいない。

だが、どうしてもあの時のことを思い出してしまう。

師匠の家に行ったから、夢に見てしまったのだろうか。

ねぇ、師匠。

あなたはどうして俺にこの学院に来るように進めたのですか。あの言葉の意味が俺にはまだ分かりません。

いつかこんな俺にも、分かる日が来るのでしょうか――。

◇

「では、これで授業を終わるが……ホワイト。少し時間いいか？」

「なんでしょうか。グレイ教諭」

魔術概論の授業が終了して、学食で食事でも取ろうかと思っていた矢先に、グレイ教諭がそう話しかけて来た。

「ちょっとした雑談だ」

「わかりました」

釈然としないが、ここで無遠慮に断る理由もない。

そうして俺は、彼女の後についていくのだった。

「さて、学院での生活はどうかな？」

「私としては非常に満足しておりますが」

学内の一角にある、相談室というところに招かれた。

その名の通り、進路など様々なことを相談する場所らしい。

俺としては相談することなど特には無かったが、教師としては何か俺に思うところがあるのだろうと理解した。

小さな机を挟んで、互いにソファーに座って向かい合っている状況。

グレイ教諭はコーヒーを淹《い》れてくれた。

ブラックでお願いしたが、なかなかに美味いと俺は感じた。

「枯れた魔術師《ウィザード》と揶揄《やゆ》されているのは知っているよな？」

「もちろんです。しかし、一過性のものかと」

「メンタルは大丈夫なのか？　正直言って、お前のことは心配している。学院始まって以来の一般人《オーディナリー》出身もそうだが、あまり魔術がうまく使えないようだし……な。いじめの対象になりやすいのは、道理だろう。だから心配でな」

グレイ教諭もまた、俺のことを心配してくれているようだった。

友人といい、師匠といい、本当に俺は周りの人に恵まれている。

「そのご指摘はもっともですが、仕方のないことです。ここで私が下手に暴れて反抗しても、火に油を注ぐだけでは？」

「教員の介入はいらないと？」

「別に悪口を言われるだけでしたら、構いません。と言っても、暴力などで来られると困りますが」

「……そうか。と、思い出したがお前のことを褒めていたぞ」

　グレイ教諭は優しく微笑みかける。

「誰でしょうか？」

「エリオットだ」

「なるほど。ライト教官でしたか」

「あぁ。なんでも、体を動かすのは得意らしいな」

　そう言われて、正直に自分のことを少しだけ開示する。

「そうですね。田舎の山を駆け回っておりましたので。魔物との戦闘経験も少しはあります」

「なるほど……な。ホワイトにもいい面がある。全てを満遍なく伸ばせとは言わない。学院を出た先に求められるのは、スペシャリストだからな。何か一つに特化するのも、また人生だろう」

「はい。わざわざお言葉、ありがとうございます」

「いや。構わないさ。私は過去に退学していった生徒に何もできなかったことがある。今度ばかりは後悔はしたくないものでな」

「なるほど……教師の鑑《かがみ》ですね」

「そんな立派なものじゃないさ。それならば、退学する生徒など出してはいない」

どこか遠くを見るような目つきをして、コーヒーを飲むグレイ教諭。

この学院は退学して去る者も少なくはないと聞く。

それはこの学院がそれだけ厳しいということを示している。

「では今日はここまでだ。時間を取らせて悪かったな。どうやら、お前は私が思っているよりも大物なようだ」

「恐縮であります」

「ふ、態度も立派だしな。では失礼する」

立ち上がると、彼女は目の前にあったコーヒーを片付けて出ていく。

なるほど。

このレベルの学院になると生徒へのサポートも充実しているようだ。やはり師匠の言う通り、この学院に来てよかったと思った。

「……むぐむぐ」

外にあるベンチに座る。あれから俺は、今更学食に行っても遅いと判断して売店でサンドイッチと水だけを購入した。

目の前には俺が作った花壇がある。

今日のこの広々とした青空も視界に入れて、自然を楽しみながら俺は食事をとっていた。

「あら？　レイさんですか？」

「む……これはレベッカ先輩。ご無沙汰しております」

すぐに咀嚼《そしゃく》して、水で流し込むと立ち上がって挨拶をする。

俺も学んだが、学院では敬礼は必要ないらしい。

普通にお辞儀をするだけで十分だと、学んだ。

俺もまた、この学院に馴染《なじ》んでいる証拠である。

「お隣、失礼しても？」

「はい。構いません」

「では失礼して……」

さらさらと流れる髪の毛からは微かに椿《つばき》の香りがし、それが鼻腔を抜けていく。

先輩は手に持っているサンドイッチを取り出すと、その小さな口で頬張り始める。

「あら？　レイさんもフルーツサンド、好きなのですか？」

「そうですね。こちらの学院に来て初めて食しましたが、思ったよりも美味しくて。割とリピートしています」

「そうですか。それでしたら、何よりですね。これは私が入れてもらうように掛け合ったのですから」

「そうなのですか？」

「ええ。これでも私、生徒会長なんですよ？」

グッとワザとらしく胸を張るレベッカ先輩。その様子は少しだけ子どもらしくて、なんだか微笑ましい気持ちになった。

「会長だったのですか……それはすごいことですね。この学院の長ですか」

「はい。ですので、疑問などがあれば何でも言ってくださいね」

「ありがとうございます」

やはりレベッカ先輩は優しい人である。

そして、先輩は次の話題を出してきた。

「そういえば、学院の生活はどうですか？」

「満足しております」

その質問にはすぐに答えた。現状、色々と問題はあるが俺は満足していた。それはやはり、友人たちと過ごしている時間が思いの外、楽しいと感じるからだろう。

「……でも、色々と大変だとか」

「耳に入っているのですね。大丈夫です。自分は気にしていないので」

「そうですか……でも、何かあれば頼ってもいいのですよ？　これでも三大貴族ですから」

そう言ってくれる先輩はとても頼りになると思った。もし何か困ることがあれば、レベッカ先輩を頼りにさせてもらおう。

「ありがとうございます。あ、そういえば……」

「なんですか？　なんでも聞いていいですよ？」

ニコニコと微笑みながら笑顔を向けてくる。

俺は思いついたことを尋ねてみることにした。

「三大貴族のもう一人は、この学院にはいないのですか？」

「オルグレン家は代々別の学院に通っていますね。ここは確かに世界でも最大規模の学院ですが、それでも他にもいい学院はたくさんありますから」

柔らかな声音でそう教えてくれる。

いつも思うが、本当に親切なお方だ。

「なるほど……それと、もう少しで魔術剣士競技大会《マギクス・シュバリエ》が近いとか」

「確かに、もうその季節ですね。七月に代表選考戦を始めて、八月の夏休み頭から二週間で最強の魔術剣士を決める戦いですね。一年生は新人戦で、二年生以上は本戦で試合をするのですよ。ちなみに、私は去年の覇者です。えっへん……！」

再び、自慢げに胸を張る先輩。

「なんと！　それはすごいですね！　ということは学生の中でも最強の魔術剣士、ということでしょうか？」

「うーん。そう言いたいところですけど、実際にはライバルもいますので。去年は運よく勝てましたけど、今年はわかりません。優勝したのは去年が初めてですし……ね」

「なるほど……やはりトーナメントという性質上、安定した勝利は難しいのですね。ジャイアントキリングなどもあるでしょうし」

「レイさんは興味ないのですか？　なんでも、実戦は強いという噂がありますけど……？」

色々と俺に関する噂が流れているのだな……と思うも、俺はすぐにそれを否定する。

レベッカ先輩の目線もいつものように優しいものではなく、少しだけ鋭いものになる。

「いえ。自分は参加するつもりはないです」

「あら？　そうなのですか？」

「はい。実戦に自信がないわけではないですが、なにぶん体力がないものでして」

「体力、ありそうですけどね。体も服の上からでもわかるほどに、鍛えているようですし……」

じっと俺の腕や胸板を見つめてくる。

先輩はそして、興味深そうに尋ねてくるのだった。

「……少し触っても、いいですか？」

おずおずとした様子だが、もちろんそれを許可する。

「はい」

先輩は腕を触ってくるので、グッと力を入れてみる。

「わぁ！　す、凄いですね！　硬いです！」

「ふ……これも、筋トレの成果ですね」

「次は胸もいいですか？」

「はい」

先輩は妙にウキウキとしているようである。

それは声音と表情からよく分かった。

「ふん……っ！」

「す、すごいですね！　男性の筋肉は初めて触りましたが、勉強になります……っ！」

「自分も褒めていただき、嬉《うれ》しい限りです」

と、俺の筋肉を堪能《たんのう》したところで話は元に戻る。

「このように筋肉は確かに自信がありますが、それとこれとでは話が別……といったところですね。今年は観戦したいと思っております。それに……」

「それに……？」

先輩は俺の目をじっと見つめてくる。

真剣に話を聞いてくれているようだった。

「きっとアメリアが出ると思うので、応援したいと思います」

「あぁ、なるほど。アメリアさんはすでに新人戦で優勝候補ですよ？　でも、今回はオルグレン家の長女も一年生で別の学院に入学していますし……事実上、その二人が優勝候補ですね」

「なるほど……すでに、色々と情報は錯綜《さくそう》しているようで」

「ええ。魔術剣士競技大会《マギクス・シュバリエ》は注目度も高い大会ですし、いい成績を残せば進路も色々とよくなるというのは有名ですから」

「なるほど。勉強になります」

その後も二人で適当に雑談をしていると、チャイムがちょうど鳴り響く。

「あら、もうこんな時間。レイさんとは話が合うようで、つい……」

「こちらも有意義な時間でした」

「いえ、こちらこそ。あ……それと、本日の放課後のことは聞いていますか？」

「はい。セラ先輩より伺っております」

「そうですか。では放課後は、部室にいらしてくださいね」

先輩はそう言いながら微笑むと、立ち上がって去っていく。

放課後のこと。

それは、今日の部活動に関してだ。

なんでも新入部員の俺に対して、勉強会を開いてくれるとか。

しかし、残念なことに今日は、レベッカ先輩以外の方は用事があるようで来られないらしい。

園芸部は、俺以外は全員が貴族の令嬢だ。

だからこそ、このように集まれない日もあるらしい。貴族の令嬢はパーティーに出席したりなど、学生でありながら多忙でもあると聞いた。

そんな中、レベッカ先輩はちょうど時間が空いているということで、俺に植物に関して教えてくれるとのことだ。

本当に先輩には頭が上がらない。

そして俺は、園芸部の活動を心待ちにするのだった。

「はいこれ」

「これは？」

「部室の鍵よ」

「いいのですか？」

昼休み終了間際。

セラ先輩が教室にやってきて部室の鍵を渡してくれた。

「今日は多分、あんたが一番早く部室に行くと思うから。渡しておくわ。開けたら、レベッカ様に渡しておいて」

「了解しました」

「私たちのクラスは、今日は体育が最後の授業にあるから、レベッカ様は少し遅れると思うわ」

「わざわざお伝えいただき、ありがとうございます」

「いいのよ。副部長だし」

そう言って翻ると、セラ先輩は自分の教室へ戻っていく。

相変わらず、クールなお方だ。それもまた、魅力的である。

そして昼休みの後の授業もこなし、部活動の時間になった。

「よし。開いたな」

部室の扉の鍵を回すと、室内に入っていく。

だがそこにはなぜか、レベッカ先輩がいた。


「あ……」


「レベッカ、先輩……？」

先輩の唖然《あぜん》とした声が、聞こえてくる。

そう。そこにいたのは、いつも通りのレベッカ先輩……と思いきや、先輩は下着姿だった。

上半身はシャツがはだけており、ちょうどボタンをとめようとしている最中だったみたいだ。

そして、先輩の胸元につい目がいってしまう。

十分に膨らんだ胸を包み込む純白のブラジャーは、細かいレースがあしらわれていた。

制服の上からでは分からないが、それなりのボリュームがある。

一方で下の方は……対照的なデザイン。


それは、ウサギがデザインされた下着だったのだ。


また、その美しい脚にもつい視線が引き寄せられてしまう。

太過ぎず、細過ぎず、絶妙なバランスの整った綺麗な脚。

スタイルの良さは以前から分かっていたが、改めて先輩の美しさを認識する。

それにしても……。

——先輩はウサギが好きなのだろうか。

不謹慎かもしれないが、ふとそんなことを思ってしまう。

「あ、あわわ……」

レベッカ先輩は体を隠すことも忘れて、頬を真っ赤に染めて、その場で立ち尽くしていた。

いつもの先輩らしい余裕もなく、ただ呆然としていた。

「た……大変失礼いたしました。ま、また準備ができましたら、お呼びください」

硬直しているレベッカ先輩に向かって一礼をすると、俺は扉をそっと閉じて外に出る。

それなりに年上の女性には慣れていると自負しているが、年齢が近い人のあられもない姿には……流石に動揺してしまった。

言葉も、少しだけたどたどしくなったのがその証拠だ。

俺もまだまだ未熟だと痛感した。

それに、つい見入ってしまったのも事実だしな……。


しばらくして……。

「は、入ってもいいですよっ！」

上擦った声が室内から聞こえてきた。

「失礼します」

「えっと……その……！」

先輩は耳まで真っ赤にして、慌てふためいていた。

髪を忙《せわ》しなく何度も触りながら、何を言うべきか迷っているようだった。

俺はまず、丁寧に頭を下げた。

ここは真摯に謝罪すべきだ。

「レベッカ先輩。偶然とはいえ、大変申し訳ありませんでした」

「え⁉　いえ……そのこちらも、つまらないものをお見せしたようで……」

「そんなことはありません。先輩は依然として、美しいままです」

「も、もうっ！　今はそんなフォローはいいですっ！　そ、その……恥ずかしいので……」

詳しい話を聞くと、レベッカ先輩もまた、部室の鍵を持っているようだった。

そしてセラ先輩が俺に鍵を渡しているのを聞いておらず、待たせるわけにもいかないということでこの部室で着替えていた。

そこで運悪く、俺がやってきてしまい偶然にも着替えを覗《のぞ》いてしまった。

それがことの顚末《てんまつ》。

そして、事故ということで、謝罪を受け入れてくれた先輩。

しかし、レベッカ先輩はその赤い顔をグッと近づけてくると、何やら弁明を始める。

「い、いつもはもっと大人っぽい下着を身につけているんですよっ⁉」

「えっと……そうですか」

「今日はたまたまっ！　偶然にも、ウサギの下着を身につけていましたが、もっと大人っぽいものも、可愛《かわい》いものも持っていますからっ！」

「──先輩」

声をかけてみるが、レベッカ先輩はそのまま言葉を続ける。

「だからその、誤解しないでほしいというか！　実際はもっと──」

「レベッカ先輩」

「わっ！」

グッとその両肩を摑《つか》むと、その綺麗な瞳を見つめる。

「冷静になって下さい」

「あ……その、えっとすみません……ちょっと動転していて」

しゅんと俯《うつむ》く先輩は、やっと落ち着いたようだった。

「いえ。自分は気にしていません。先輩が大人らしい下着を所有していることは、よく分かりましたので」

「……それはもう、忘れて下さい」

プイっと拗《す》ねるようにして、顔を背ける。

レベッカ先輩は大人っぽくて、先輩らしい人だと思っていた。

だが、年相応の幼い面も見ることができて、なんだか得をした気分だった。


「じゃーんっ！　見て下さいっ！」

胸の前にそれを出して、顔を横からチラッと覗かせるレベッカ先輩。

「おぉ！　立派な本ですね！　ん？　でも本のように見えて、違うような……」

紆余曲折《うよきょくせつ》あったが、今回は先輩から植物に関して教えてもらうのが部活動の内容だ。

彼女は本棚から一冊の分厚い本を持ってくる。

それはまるで、自慢する子どものようだった。

「本ではなく、冊子ですか？」

「そうです！　これは歴代の園芸部が纏《まと》めてきたもので、図鑑には載っていない情報も載っているんですよ？」

「なんと！　それはすごいですね！」

「ふっふっふっ。もっと褒めてくれても、いいんですよ？」

先輩は先ほどと打って変わって、どこか得意げな顔をしていた。

俺はそんな先輩を褒《ほ》め称《たた》える。

「素晴らしいですね。先輩もこれに記述を加えたりなど？」

「はい。私は魔術によって変質した花の記述が多いですかね。これは自由に使っていいので、これからは何か発見があれば使って下さいね」

「了解しました」

よく見ると、前半のページは黄ばんでいた。それにテープで補強している場所もある。この園芸部の歴史が感じられるようで、そんな古びた見た目も純粋に美しいものだと感じる。

「では色々と教えますね」

「はい。よろしくお願いします」

二人で席につく。

一つの冊子を二人で見るということで、自然と距離は近くなる。肩と肩が触れ合う距離だ。

でも先輩は嫌な顔をせずに、微笑みかけてくれる。

「レイさん。もう少しこちらに寄ってもいいですよ」

「しかし……」

「まだ見難《みにく》いでしょう？　気を使ってくれるのは嬉しいですが、これは先輩命令ですよ？」

どこか茶化した感じで、人差し指を立てて指摘するレベッカ先輩。

「分かりました。失礼します」

俺は座る位置をもう少しだけずらして、肩が完全に触れている状態で先輩の話を聞く。

「この植物は、実は魔術が使えるんですよ」

「なんと！　そんなものがあるのですか？」

「はい。食虫植物に多いのですが、進化の過程でちょっとした魔術が使えるみたいです」

「おぉ……生命の神秘ですね」

「ですよね。それと、レイさんが好きなマーガレットの情報もありますよ」

「それは是非、見てみたいです」

「ふふ……」

「どうかしましたか？」

先輩は顔を上げると、俺の横顔を見て優しい表情を見せる。

「その、こうして後輩の方に教えることができて私も嬉しいのです」

「……しかし、後輩の方は他にもいますよね？」

レベッカ先輩は寂しげな声でこう語る。

「やはり私は三大貴族ということで、距離を置かれているようでして……皆さん本当に良《い》い方ばかりですが、私がこうして教えようとしても遠慮されてしまって……」

「そうだったのですか……」

先輩がずっと上機嫌だったのは、なんとなく理解していた。

それはそのような背景があったからだと思うと、貴族というものもなかなかに大変なものなんだと、俺は思った。

「その点、レイさんは遠慮しないでくれて私は嬉しいです」

「これからも遠慮なく、レベッカ先輩にご教授いただこうと思います」

「ふふ。私の教えは厳しいですよ？」

「望むところです！」

夕方になり、オレンジ色の光が室内に差し込む。

俺たちはその光に包まれながら、日が落ちるまでずっと部活動を続けるのだった。

今日はレベッカ先輩の色々な面を見ることができて、本当に嬉しかった。

先輩との時間は、本当に充実したものであった。

◇

「ふん……！　ふん……！」

夜。俺たちは自分たちの部屋でいつものように筋トレを繰り広げていた。

ポタポタと汗が滴るがそれもまた一興。

今はスクワットをしており、徹底的に下半身を鍛えている。

ちなみにもちろん、ボクサーパンツのみを着用して。

「……ふっ……ふっ……！」

「……よし、これで終了だな」

「俺も終わりだぜ……！　ふぅ……さて、例のアレ、いくか？」

「ふふ……そうだな」

「ふふふ……」

「ははは……」

俺とエヴィがこうして仲良くなるのは互いに必然だったのかもしれない。俺たちは入寮した初日には互いの裸を見ている。

それは、お互いがおもむろに服を脱ぎ去り、筋トレを呼吸のように始めたからだ。

そして……悟る。

こいつは同じ仲間なのだと。

余計な言葉など……必要なかった。

ただそのバルクさえあれば、俺たちは語り合えるのだから。

「ククク……今日はどうしてやろうか……」

「ふ……レイも悪い表情《かお》するじゃねぇか……」

「ははは、それもまた一興……だろ？」

「だな？」

と、ほぼ裸の男二人がキッチンにてそんな会話を繰り広げる。

はっきり言って、この学院の寮は破格だ。

豪華という一点に尽きるし、何よりも広い。実は五年前に改修工事が入ったとかで、まさにほぼ新品のものばかり。

もちろんそれだけではないが、この学院の人気を高めているのにその一面もあるのは疑いようのない事実だった。

そして俺たちはそんなキッチンで何をするのか……それはもちろん、プロテインの作成だ。

互いに質のいいプロテインは当たり前のように持ち込んでいる。街に行って定期的に購入もしている。

だが俺たちがそこで止まることはなかった。このプロテインにさらに何かを混ぜれば……最高の栄養補給ができるのではないか、と。

それは完全に深夜テンションでの話だったが、今こうしてその作戦が実行されようとしている。

「エヴィ。今回はこいつを混ぜる」

「な……それは、まさかッ⁉」

「そうだ……鶏胸肉だッ！」

ペロンと冷蔵庫から取り出すのは、鶏胸肉。脂質も少ないし、何よりもたんぱく質が豊富。そして安い。学生にとって、この安さはありがたい。多くの筋肉を愛好する者にとって、これはもはやバイブルと形容しても遜色はないだろう。

「まさか……そいつを使うとは……王道……しかし、あまりにも未知数。レイ、お前は修羅の道を行くのか？」

「あぁ……何事もチャレンジだろ？」

俺はまな板を取り出して、既に加熱処理した百五十グラムの鶏胸肉を包丁で丁寧に細切りにしていきもはや原形が残らないほど、ぐちゃぐちゃにしていく。

それをプロテインの中に混ぜる。

かき混ぜ、そして俺は……味を確認する。

すると……！

「……ん！」

「ど、どうだった……⁉」

「これは……間違いない……不味《まず》いなッ！」

「あ？　やっぱりかぁ？」

「ということで、残りはエヴィにやろう」

「え⁇　まじかよ！」

そう言いつつも、しっかりと俺の残した分を喉に流し込んでいく。

「ウヘェ……不味いなぁ……」

「あぁ。まぁ実際のところ、俺も無理だとは思っていた」

「ま、だよな」

「さてこの四年間で最高のプロテインを見つけようじゃないか」

「おうよ！」

ということで、俺たちの飽くなき探究心は続いていく……。


休日。

今日は特に用事もないので、エヴィとどこかに行こうかと思っていたが……実家にちょっと顔を出すとかで不在らしい。

早朝だというのに、すでにその姿はなかった。

そうして、俺はいつものようにランニングをしていると、ちょうどばったりとエリサに出会うのだった。

「おぉ！　エリサじゃないか！」

「あ……レイくん。おはよう」

流れる髪の毛を掻《か》き上《あ》げながら、エリサは挨拶をしてくれる。

「おはよう。どこかにいくのか？」

「今日は中央区の図書館とか、本屋さんに行こうかなって……」

「む！　それは素晴らしいな！　俺も同行してもいいか？」

「え……？」

ポカンとした表情を浮かべるエリサ。

「実は暇を持て余していてな。ダメだろうか？」

「い、いや……全然ダメじゃないよ？」

俺の提案を受け入れてくれる。実際のところ、友人と街に出たことはまだない。これは良い機会だと思って提案してみたが、本当に良かった。

偶然エリサと出会ったことに感謝しよう。

「じゃあ校門の前で待ち合わせしよう。俺は戻ってシャワーを浴びるから……三十分ほどでどうだろうか？」

「う、うん！　私もちょっと着替えてくるね……！」

「ん？　そうなのか？　その格好で行くのでは？」

「その……レイくんと出かけるから……」

「なるほど。得心がいった。では、心待ちにしていよう」

「じゃ、また後で……」

「あぁ」

あえて言葉にする必要はなかった。

俺と出かけるということで、それなりに自分の身なりに気を遣いたいということだろう。

「お……お待たせ！」

「大丈夫だ。俺も今来たところだからな」

校門に着いたのは、俺が先だった。ちょうど門の前で腕を組んでじっと待っていると、エリサがパタパタと走ってやってくる。

——ふむ……なるほど。

彼女が着ているのはシンプルなワンピース。

確かにもう季節としてはちょうどいい頃合いだろう。

それに真っ白なワンピースは彼女に本当によく似合っていた。

それに加えて、髪は右耳にかけるようにして上げており、それもまた妙に大人っぽく見える。

挿している真っ白な花のピンもまた、それに一役買っている。

「エリサ」

「え。どこかおかしいかな？」

「とても可愛いと思う。ワンピースはもちろんだが、特にその髪型がいいな。いつもは下ろしているが、偶《たま》にはそうして上げてしっかりと顔が見えるのもいいと思う」

「……あ、ありがと！　そ、その……レイくんもかっこいいよ？」

俯きがちだが、エリサは顔を上げて俺と視線を合わせてくれる。

「そうか？　シンプルにシャツとジーンズだが」

「うん……いいと思う」

「そうか。ありがとう」

二人でそう話して、とりあえずは、街に繰り出すことにした。まず目指すのは図書館だ。この王国の中央区にある王立図書館は歴史のある場所で、それこそ膨大な数の書籍がそこに並んでいる。

俺もたまに行くこともあるが、その静謐《せいひつ》な雰囲気もあり、とても落ち着く場所である。

「エリサ、俺はここで本を読んでいる」

「うん……わかった。私も読みたい本、持ってくるね」

「分かった」

小声でそう話して、俺はすでに入り口で手にしていた本を持って着席する。このスペースは談笑も許可されている場所で、一応俺はそこに座っておいた。

ふと、上を見るとそこは吹き抜けになっており、この建物の広さを改めて認識する。

現在は午前九時。

「レイくんは何を選んだの？」

「恋愛小説だ」

「え……」

エリサは一瞬だけ固まる。自覚はあるが、おそらく俺がその手の本を持ってくることが意外だったのだろう。

「意外だったか？」

「そ、そうだね……レイくん、そういったことに興味あるんだね」

顔を少しだけ赤らめながら、エリサは思ったことを正直に話してくれる。

「そうだな。恋愛小説では人の感情の機微をより繊細に感じ取ることができる。自分が知らないからこそ、知ってみたいと思うんだ」

「……そっか。それは良いことだね、レイくん」

エリサは否定しなかった。ただ優しく、そう言ってくれる。

以前から思っていたが、エリサは引っ込み思案だとは思うが、それでも本当に優しい女性だ。人としての在り方が、綺麗なのだ。

また、実は俺が恋愛小説を嗜《たしな》むようになったのは、アビーさんの影響が大きいのだが……今はエリサの持っている本について話を振る。

「エリサのそれは？」

「私はその……エインズワースの学術書で」

「エインズワースか。好きだなエリサも」

「う……うん！　革新的な考え方が好きで！」

「そうか。俺もエインズワースの書籍はいくつか読んだことがあるが、面白いと思う」

「そうだよね！」

そしてその後は、二人で談笑しながら読書に時間を費やすのだった。


「む……もうこんな時間か……」

「その、どうしようか……？」

「食事でも行くか？」

「レイくんがいいなら……私もいいよ？」

ということで俺たちは近くの店で食事を取ることにした。

店に入って席に着くと、俺もエリサも、がっつり食べるという感じでもなかったのでサンドイッチを注文。

俺はハムチーズサンド。エリサはたまごサンドを注文。

飲み物は俺がコーヒーで、エリサが紅茶を選択した。

「美味しいねっ！」

「そうだな。街に出て食事を取るのは初めてだが、さすが都会。良い味だ。そうだ、せっかくだからシェアしないか？　ちょうど四切れずつあるようだし」

「うん。良いよ」

エリサと俺は、一切れずつサンドイッチを交換する。

そして俺はたまごサンドを一口いただく。

「む……これはうまい。シンプルにたまごだけだというのに、なかなか良い感じだ」

一方のエリサも小さな口で、パクリと一口。

「こっちも美味しいね！　特にとろけるチーズがいいねぇ」

「そうだな」

そして互いに食事を満喫したところで、学院の話をする。

「エリサ、学院はどうだろうか？」

「えっとその……楽しいよ？」

「そうか。それは良かった。俺もエリサを含めて、いい学友に出会えて本当に良かったと思っている」

エリサは少しだけ俯くと、遠慮がちに小さな声で話を続ける。

「私も……昔から友達がいなかったから。この学院に来る前は不安だったけど……みんなと出会えて、本当に嬉しいの」

「俺もそうだな。初めは不安もあった……」

「え？　レイくんもそう思ってたの……？」

エリサはキョトンとした顔でそう尋ねてくる。

自分のことを開示するのは……少しだけまだ戸惑いがある。

でもエリサを含め、仲のいい友人には話したい気持ちがあったからこそ……話してみることにした。

「俺は学校というものに通うのが初めてでな」

「え……そうなの？」

「色々とあって、な。それで、初めは楽しみであったと同時に、不安な面もあった。だがそれは杞憂《きゆう》だったようだ。こうしてエリサとも友人になれたのが、何よりの証拠だ」

「そ……そう言ってもらえると、私も嬉しい……」

「あぁ。だからこれからも、よろしく頼む」

「……うん！」

それから俺たちは解散することになった。

なんでもエリサは学院の方で、色々と用事があるらしい。

一方の俺の方はまだ暇なので、街をブラブラしようと思っていた矢先……見知った顔が目の前に現れた。

「アメリア？」

「レイ？　どうしてここに？」

ちょうど馬車から降りてきたのは、アメリアだった。今日はいつもよりも、髪型も服装もしっかりとしている印象だった。言うならば、フォーマルな感じだ。そこから察するに、家の方で何かあったのだろうか。

「今日は暇でな。ちょうど街に出ていたんだ」

「そうなの。私はちょっと実家にね」

「なるほど」

「ええ。貴族の付き合いってやつでね。本当に嫌になるわ」

二人でそう話しながら、周囲をブラブラすることにした。なんでも、アメリアは話したい気分だと……そう言っていた。

「貴族の付き合いは大変なのか？」

「そうね……三大貴族は特にねぇ～。私も、もう結婚はどうとか言われていてね……」

「結婚か。確かに優秀な魔術師は結婚するのが早い、というよりも子どもを作るのが早いな」

「ええ。やっぱり魔術の才能に血統が関係している側面はあるから、ね」

「そうだな。俺もそれは否定しない」

血統は確かに要素としては重要だ。しかしアメリアは、それが妙に気に入らない……という感じだ。

「はぁ……それに、そろそろ魔術剣士競技大会《マギクス・シュバリエ》もあるしね。今回も挨拶回りで大変そう」

「そうか。大変だな、貴族というのも」

「あ、ごめんなさい。愚痴ばっかりで……」

「いや構わない。こうして誰かに話すのも、時には重要だろう」

「そう言ってもらえると、助かるけど……」

「学友の力になれるのなら、俺としても嬉しい限りだ」

「ふふ……」

突然、笑い始めるアメリア。何か失言でもしてしまったのだろうか。

「どうした？」

「いや……あなたはそういう人間よね、と思って」

「そうだろうか？」

「ええ。とても好感が持てるわ」

「俺もアメリアには本当に好感を持っているが」

俺がそう言うと、アメリアはちらっと盗み見るようにしてこちらを見てくる。少しばかり顔が赤いのは、気のせいではないだろう。

「……そ、そう？」

「あぁ。君のように美しくて、聡明《そうめい》で、自分をしっかりと持った人間はそういない」

「ふ、ふーん。そうなんだ」

くるくると真っ赤な髪を弄るアメリア。

俺はそうして、いつものように思ったことを口にする。

「これは初めて会った時から思っていることだ。その評価は、変わりはしないさ」

「……そ、そうなの……それならいいけどっ！」

そして、今度はアメリアが俺に今日何をしていたのか尋ねてくる。

「今日はエリサと遊んでいてな」

「え、エリサと？」

「あぁ」

「それってデート？」

デート。

そう言われれば、そうなのかもしれないが、純粋に友人と遊びに行ったと言った方が適切かもしれない。

俺もエリサも、そんな気はなかったしな。

「……デート、だろうか。朝に偶然会って、俺が同行したいと言ったんだ。二人で図書館に行って、そして軽食をとった次第だ」

「へぇ……でもいいね。私も遊びたいな。街で遊んだことなんて、全然ないし。それに、最近は服も欲しくて。実家にあるものを持ってきているけど、自分で買い物したいって気持ちもあってね——」

「ならば明日、一緒に行かないか？」

「え……？」

唖然とするアメリア。そして、俺のことを不思議そうに見つめてくる。

「明日も休みだろう？　俺ならば、明日も暇なので付き合うが」

「そ、それってデートのお誘い？」

「そうだな。そう言って差し支えはないだろう」

少しばかり挙動不審に周囲をぐるぐると見渡している。俺としては、デートであろうとそうでなかろうと、友人と遊びに行けるのならどちらでもいい。

ただ今回は、デートだと言った方がいいと……なんとなく感じた次第だ。

「べ、別にいいわよ？　私も誰かと遊びに行くのは久しぶりだしね……！」

途中で噛《か》んだりしていたが、アメリアが了承してくれてよかった。

レベッカ先輩の時も思ったが、三大貴族とは周りから距離を置かれていることが多々あるらしい。

クラス内でもアメリアを慕っている人間はいるが、それはやはり貴族としての側面が強い。

だからこそ俺は、そんな彼女の息抜きに付き合えればいいと思ったのだ。

そして翌日。

俺たちは中央区の真ん中にある、噴水の前で待ち合わせをしていた。

腕時計を見ると、現在の時刻は午前八時五十分。俺は八時半にはこの場所に到着していた。何があるかわからないため、いつも集合は早めにするように心がけている。

そして一人で待っていると、アメリアが軽く走りながらこちらにやってくる。

「ご、ごめんなさい。もしかして待たせちゃった？」

「いや。俺もいま来たところだ。それにまだ時間には余裕がある」

「ふぅ……ちょっと準備に手間取って」

彼女は白いブラウスに長めの朝顔状《フレア》スカートを穿《は》いていた。いつもは制服姿しか見ていないので、そんなアメリアの私服は新鮮に感じる。

「大丈夫だ。ちゃんと可愛らしいと思う」

「…………」

「どうした？」

じっと半眼で見つめてくる。

それはどこか抗議を含んでいるもののような気がした。

「ありがとう。嬉しいけど、レイって妙に女性慣れしているような……」

「女性ばかりの環境で育ったからかもしれない」

「そうなの？」

「あぁ」

そんな話をしながら、俺たちはさっそく目的地である街の洋服店に赴くことにした。

アメリアは昨日も言っていたが、どうやら自分で服を購入したいらしい。

「アメリアは自分で服を買わないのか？」

二人で並んで歩いている最中、そう尋ねてみた。

「そうね。今まではずっと実家にいたから、特に自分で買ったりとかはなかったかも」

「そうなのか」

「うん。でもこうして寮に入って、実家を出たんだから折角の機会と思って」

そして俺たちは、洋服店にたどり着いたが、そこは女性向けの店で男性はいない。

しかし俺は、特に気にすることもなく進んでいく。

周りの女性にジロジロと見られるが、慣れているので特に思うところはなかった。

「躊躇ないわね……女性だらけで何も思わないの？」

アメリアが訝《いぶか》しげな声でそう言ってくる。

「先ほども言ったが、女性だらけの環境で育ったからな。特に思うところはない」

「ますますレイの育った環境が気になるわ……」

アメリアはその後、いくつかの服を持って試着室に入っていく。

俺はその前で、じっと静止して彼女が着替えてくるのを待つ。

「じゃーんっ！　どう？　可愛くない？」

出てきたアメリアの装いは先ほどとかなり印象が違う。

薄いピンクのブラウスに胸元にある赤いリボン。

それに短めのキュロットスカートから伸びる脚はとても美しい。

アメリアは四肢が長い。

そのため、こうして露出が多いとそれが映えてとても美しいと思った。それにワンポイントでつけている真っ赤な薔薇《ばら》の髪飾りもよく似合っている。

「可愛い。短いスカートもよく似合っている。厳密に言えばキュロットスカートはショートパンツの一種だが、それは動きやすさを優先しつつ、デザイン性を取ったという感じか。それにトップスとワンポイントの髪飾りも、美しさを引き立てるのに一役買っている。総じて、満点のコーディネートだな。アメリアはセンスがある」

俺なりに分析をしてみて、所感を述べてみたが、ポカンとしているアメリア。

「えっと……その。嬉しいけど、詳しいね？」

「女性の服装には理解がある」

とある事情から俺は女性の服装には詳しい。そのため、アメリアが選択した服装の良さはよく理解できた。

「そうなんだ。レイって本当に不思議かも……でも、その。正直な言葉が嬉しいというか……可愛いって言われて悪い気はしないかな？　頑張って選んだ甲斐《かい》があったかもっ！　えへへ……」

アメリアは軽く微笑みながら、その紅蓮《ぐれん》の髪をクルクルと指に巻きつける。

ふむ。

俺としても、そんな反応をしてもらえると感想を述べた甲斐があるというものだ。

「じゃ、じゃあ……次の服も見てくれる？」

上目使いでじっと、どこか不安そうに見つめてくる。

「もちろん」

そしてアメリアは次々と選んだ服装を俺に見せてくれる。さながら、ファッションショーのようだった。

「次で最後にしようかな」

「了解した」

そう言ってアメリアが試着室に再び入った瞬間、中からドタバタと音が聞こえてくる。

「う、うわあああっ！」

その声と同時に、アメリアがカーテンの向こう側から飛び出してくる。

「おっと……大丈夫か？」

転びそうになった彼女を、真正面から受け止める。

「いてて……ごめんね。ちょっと着替えるときに、スカートが引っかかって……」

どうやら、スカートを脱ぐ際に、それが引っかかり躓《つまず》いてしまったらしい。そして転ぶような形で、試着室から出てきた。

だがもちろん……着替えている途中ということもあり、アメリアは下着姿だった。

真っ赤なレースの上下揃《そろ》った下着を身につけて、彼女の容姿とも相まってよく似合っているが……今はそれどころではないだろう。


「あ……」


気がついたのか、微かに声を漏らすアメリア。

彼女は下着姿で、俺の胸元に寄りかかるようにして倒れてきた。そのため、今もその豊満な胸が勢いよく押し付けられている。

そのスタイルの良さは知っていたが、こうして抱きしめる形になるとそれがよく分かってしまう。

「あ……う……そ、その……ご、ごめんなさいっ！」

柔らかい肌が俺に触れて、アメリアの体温がしっかりと伝わってきた。

それになんというか……その胸はとても柔らかいものだった。

適度なボリューム感のある胸の感触は、未だに残っている。

こんなことを考えるのは、アメリアに失礼かもしれないが、彼女の身体を受け止めた時に、素直にそう感じた。

そして彼女は顔を真っ赤にして、試着室に戻ると、シャッと勢いよくカーテンを閉める。

「………」

俺もまた、自分の顔を見ることはできないが、アメリアと同様に少しだけ顔が赤くなっていたに違いない。

やはりこの手のことは、まだまだ慣れない。師匠たちと過ごした日々があっても、それに変わりはなかった。


「その……あの。み、見たよね？」

「すまない。見えてしまった」

その後、気に入った洋服を何点か購入して、店の外に出た俺たち。

アメリアは下着姿を見られてしまったのが恥ずかしいようで、まだ頬が赤く火照っていた。

「ううう……恥ずかしい……それに、タイミング悪いというか……」

「出来るだけ早く忘れるように努めよう。アメリアも不快な思いをしただろう」

「別に不快ってほどでもないけど……純粋に恥ずかしいというか。でも……下着はちゃんとしたやつ付けてきてよかったぁ……」

後半はボソリと独り言のように呟くが、しっかりと聞こえていた。もちろんその発言を

掘り下げるのは野暮というものだろう。

落ち着いてきたアメリアと共に、街の中を進んでいく。今日は日曜日ということで、かなり人が多くなってきた。

この人混みを抜けるのはなかなかに大変だ。

「アメリア。手を」

「手？」

「このままでは逸《はぐ》れてしまう。この人混みを抜けるまでは、繋《つな》いでいた方が賢明だろう」

そう言うと、アメリアはおずおずとした様子で右手を差し出してくる。

「ま、まぁ……そうよね？　仕方ないわよね？」

「では、行こう」

「……きゃっ！」

俺はアメリアの手を引くと、二人でこの人混みの中を抜けていく。

ちらりと後ろ向くと、彼女はどこか恥ずかしそうだが……嬉しそうな表情をしていたのは、きっと見間違いではないだろう。

「しっかりと握っていろ、アメリア」

「う……うん」

女性特有の薄くて、儚げな手だ。

そして二人でこの人混みの中を、さらに進んでいくのだった。

「ねぇレイ」

「どうした？」

「その……もう離してもいいと思うけど」

「おっと。すまない」

人混みを抜けて、俺たちはやっと人通りの少ないところにやってきた。

そして気が付かずにずっと握っていた手をパッと離す。

アメリアはその手を、じっと見つめていた。

「どうかしたか。アメリア」

「え……！　いや何でもないよっ！　買い物、続けよっ！」

意気揚々と声を出すアメリア。

そんな彼女の後に、俺は微かな笑みを浮かべながら、ついていくのだった。


「じゃ、じゃ……今日はこれで」

「楽しかった。本当に有意義な一日だった」

寮の前で別れる。

あれからアメリアは色々と買い物をして、その荷物を彼女に渡す。

自分が持つからいいと彼女が言ったが、任せて欲しいと言って俺はその荷物を両手に抱えていた。

夕暮れ時。

黄昏《たそがれ》の光が、アメリアの燃えるような紅蓮の髪を照らしつける。

そして髪を耳にかけるようにして掻き上げると、彼女は軽く頭を下げる。

「今日はありがとう。私も本当に楽しかったわ」

「こちらこそ。また遊びに行こう」

「実はね。友達と遊びに行くことなんてほとんどなくて……だから今日はレイが楽しんでくれるかなって不安だったの」

揺れる瞳。

そして俺たちは視線を交わす。

ただじっと、吸い寄せられるようにしてその美しい双眸《そうぼう》を見つめる。

「いや、俺の方こそ。アメリアが少しでも楽しいと感じてくれたのなら、よかった」

「そ、その……ちょっと恥ずかしいこともあったけど……楽しかったわっ！」

俯く。

顔が赤くなっているのは、黄昏の光でよく分からなかったが、照れているようだった。

「そうか。それはよかった」

笑みを浮かべる。

それは、自然に出たものだった。

そしてアメリアも微笑み返してくれる。

「レイっていつも硬い顔しているけど、そんな風に笑うのね」

瞬間。少しだけ言葉にするのが遅れてしまう。

そんな風に言われるなんて、思ってもみなかったからだ。

「……俺は笑えていただろうか？」

「うん。とっても優しく笑っていたわよ」

「……そうか」

俺は心から笑うことができるようになっているのだろうか。

本当に俺は、笑ってもいいのだろうか。

アメリアに指摘されて、そんな風に考えてしまう。

自分にそんな資格があるのかどうか。

この何気ない、幸せな日々を俺は享受してもいいのか。

自問する。

でもやはり、出る答えは、そんな資格は俺には無い……だった。

「じゃあレイ。また教室で」

「あぁ。失礼する」

アメリアと別れる。

紅蓮の髪を靡かせる、その後ろ姿を見つめる。

憧憬《しょうけい》。

そのアメリアの姿に憧れる。容姿だけではない。その心までもが美しいと思った。この血で染まり切った自分とは違って。

「戻るか……」

俺もまた、踵《きびす》を返《かえ》して寮の自室へと戻っていく。

その際、どこかから覗き見られているような……そんな視線を感じる。

バッと後ろを振り返る。

「気のせい、か」

そう呟いて、俺は歩みを進める。

過去のことを思い出して、少し神経質になっているのだろう。

この時は、そう思っていた——。

◇

「ふう……」

アメリアは浴室にいた。

彼女はレイとのデートから戻った後に、すぐにお湯を張った。そして体を入念に洗い、その長い髪もまた丁寧に洗い流すとゆっくりとお湯の中に入る。

髪を軽く結んで、お湯につからないようにする。

水滴が等間隔で零《こぼ》れ落《お》ちていく。

そんな様子をぼうっと見つめる。

「はぁ……」

——レイって、本当に不思議だわ。

最近はどうにもレイのことを考えてしまう。それは恋愛感情的なものではなく、純粋に人として気になるというものだった。

初めて会った時は、一般人《オーディナリー》だから助けてあげようと……そう思っていたアメリア。

貴族の間でも入学前から噂になっていた。

その容姿などもまた、なぜか特定されていたのだ。

誰がそんなことをしているのか知らないが、彼女は不快だった。

貴族の頂点である三大貴族。

その中でも筆頭と言われているローズ家の長女であるアメリアは、そんな貴族の体質を嫌っていた。

血統主義とも言われているそれが、幼い頃からずっと嫌だった。

だから彼女は、レイには親切にしようと思って声をかけて、友人となったのだ。

だがレイは、アメリアの想像していた人物とはかけ離れていた。

「どうしてあんなに普通でいられるんだろう……」

顔を半分だけお湯につけて、ぶくぶくと泡を漏らす。

一般人《オーディナリー》であり、魔術も上手く使えない。

そんなレイは侮蔑され始めた。

アメリアの耳に入る噂も、良いものではない。

しかし、彼女は思う。レイは凄い人間だと。

確かに魔術はうまく使えない。血統も優秀なものではない。

一方で、体を動かすのはこの学院の中でも屈指だと思う。剣術はかなり洗練されているのは間違いない。それに頭も良い。レイは博学で、魔術に関する造詣が深いのだ。

そして何よりも……彼は眩《まぶ》しかった。

侮蔑され、見下され、軽んじられているというのに……まるで気にしていないと言わんばかりの態度。

ただ毅然《きぜん》と、学院での生活を送っている。

貴族たちが直接的な行動を取らないのは、そんなレイの異質さに気がついているからだ。

アメリアはそう分析していた。

ふと見せる視線。

その鋭い視線、それに雰囲気は、とても近寄れるものではない。

本能的に悟っているのだ。

彼はどこか、普通ではないと。

「……レイって本当に、何なのかしら」

それに女性慣れしているというか、褒めるのが上手いというか……。

ふと、下着姿を見られたことを思い出して顔が赤くなる。

それはのぼせているせいではない。

ただ純粋に恥ずかしいし、それに……気になっていた。

――それにしても、もっと動揺しないものなの？　私って魅力的じゃないのかしら……。

浴槽から出ると、鏡の前で全身を確認する。

レイの指摘のとおり、四肢は長い。それに身長も女性にしては高い。

また、胸のボリュームもそれなりにあると自負している。

胸から腰にかけてのラインは綺麗にくびれができており、腰から臀部《でんぶ》へのラインも美しい。

間違いなくスタイルは抜群だ。

きれいに伸びる脚も、我ながらいいものだと思う。

彼女はそう思っていた。

アメリアのその自己評価は間違っていない。

しかし、問題はレイの反応だった。まるで何も気にしていないように冷静な彼をみると、自信が少しだけ揺れてしまうのだ。

「はぁ……」

右手で曇っている部分を拭き取ると、自分の顔が目に入る。

――今日も私は、理想のアメリアを演じることができていたかしら。

その瞳は、ただ何も映さない闇のように……空虚なものだった。

ただじっと、その深淵《しんえん》を覗《のぞ》き込《こ》む。

そして彼女は浴室を後にするのだった。

# 第四章　冰剣の魔術師

「では今日はここまで、と言いたいところだけど……今回はちょっとしたことをしよう」

現在は高速魔術《クイック》と剣技の型の確認をしており、ちょうどそれが終了したところだった。

「もう六月になって、そろそろ魔術剣士競技大会《マギクス・シュバリエ》が近くなってきた。七月からは校内予選が始まって、七月下旬には代表選手が決まる。君たち一年生は新人戦、つまりは一年生だけと戦うことになる。もちろん他校の選手とね。一応、同じ学院の生徒は序盤では組み合わせないようにしてある。それを踏まえて……模擬戦をしようと思うけど、誰か参加したい人はいるかな？　自薦、他薦は問わないよ」

魔術剣士競技大会《マギクス・シュバリエ》か。

師匠にも話を聞いたが、一年生は新人戦。二年生以降は本戦に参加することになっている。

俺は師匠との話でもしたように、大会には出られそうにないので、今回は静観しようと思っていたが……話は思わぬ方向に進むことになる。

「はい。やらせてください」

「お。アルバート＝アリウムくんだね。君は筋がいいから期待しているよ。それで、彼の相手は……」

「レイ＝ホワイト。来いよ」

「む？　自分でいいのだろうか」

「あぁ」

その見据える双眸《そうぼう》は怒りが宿っているのか、それとも純粋に熱くなっているのか、妙に滾《たぎ》っている気がした。

しかし妙だ……いくら俺が一般人《オーディナリー》だからといって、ここまで挑発的になるものだろうか。

いや、貴族の体質だと言われればそれまでだが……俺はやはり、何か別の意志が絡んでいる気がしてならなかった。

「ホワイトくん。君も優秀ではあるけど……受けるかい？」

「ご指名をもらったのならば、そうですね……やらせていただきます」

瞬間、周囲がざわつく。

「貴族と枯れた魔術師《ウィザード》か……」

「でも彼って、いい動きしてるわよね」

「うんうん。魔術はあまり上手《うま》くはないけど……剣技はちょっと違うかも」

「一般人《オーディナリー》も意外にやるしな……」

意外にも好意的な意見も聞こえてきたりした。そんな中、俺の近くにはアメリアとエヴィがやってくる。

「レイ、頑張ってね」

「俺も期待してるぜ！」

「全力は尽くそう」

ライト教官の立会いのもと、俺はミスター・アリウムと向き合う。

「この前のアレ。偶然だってことを教えてやるよ」

「この前のアレ……？　カフカの森でのことだろうか」

確か彼たちもまた、高順位でクリアしていたはずだ。

しかし、俺に助けられたという事実が気に入らないのだろうか。

ミスター・アリウムは怒りを含んだ声音で、話を続ける。

「俺でもやれたんだッ！　そして、俺はお前よりも強いッ！　貴族が一般人《オーディナリー》に負けるわけがないッ！」

「ふむ……なるほど。しかし、勝負は蓋を開けてみるまで分からない。正々堂々と勝負をしよう」

そう言うと、ミスター・アリウムはさらにキッと厳しい目つきになる。

彼は血統というものを重視している。

でもそれは彼というよりも、彼の環境がそうさせているように思えてならなかった。

幼い頃から、血統を重視して、才能を重んじる。

それが全て悪いとは言えないが、それだけではやはり……足りない。

七大魔術師に至った今だからこそ、俺はわかるが……それはきっと、辿《たど》り着《つ》いた者にしか分からない。

口で言っても、もはや無駄だと悟る。

ならば、この剣で白黒つけるべきなのだろう。

「ルールは木刀の使用と魔術は身体強化のみで。今回は、高速魔術《クイック》は無し。まだ君達は扱い慣れていないからね。勝敗はどちらかが敗北を認めるか、僕が判断する。危ないときは止めに入るからね」

「分かりました」

「は。了解しました」

その言葉を聞いて距離を取る。

この演習場には、他の生徒が俺たちを取り囲むようにしている。そして俺と彼が真っ直《ます》ぐ向き合う。

「では……始めッ‼」

その言葉を認知したと同時に、互いに地面を駆け抜ける。

もちろん、走りながらの魔術の行使を忘れはしない。

《第一質料《プリママテリア》＝エンコーディング＝物資コード《マテリアル》》

《物資コード《マテリアル》＝ディコーディング》

《物質コード《マテリアル》＝プロセシング》

《エンボディメント＝内部《インサイド》コード》

　身体中にコードを適用する。

　身体強化が互いに終了すると、彼は上段から思い切り木刀を振り下ろしてくる。

「オラあああああああッ！」

「む……ッ！」

　俺はそれを受け止める。

　重い。重い剣だ。

　彼は自分の実力に自信があるようだが、それはあながち間違いでもない。この一年生の中で言えば上位には入るほどの腕前だろう。

　魔術剣士としては将来有望だろうが……俺もここで簡単に負けるわけにはいかない。

　何といっても俺もまた、負けず嫌いな一面があったりするからだ。

　師匠に挑む時はいつだって、なかなか諦めることはなかったからな。

「ぐ……どうなってやがるッ!!　一般人《オーディナリー》のくせにッ！　枯れた魔術師《ウィザード》のくせにッ！」

「…………」

　繰り返される怒濤《どとう》の連続攻撃。

　彼は縦横無尽に木刀を振るう。

　でもそれは……ただ感情任せに、身体強化によって力任せに木刀を振るっているに過ぎない。

そこに術理はない。剣技もまた、魔術と同じ。

コード理論は存在しないものの、冷静かつ論理的に剣技を行使すべきである。

「……ミスター・アリウム」

「あぁ⁉」

「終わりだ」

「あ……！」

彼が再び大振りの上段を繰り出そうとした瞬間、俺は彼の手首を撥《は》ねるようにして木刀を振るう。

そうしてクルクルと木刀が宙を舞い、そのままカランカランと地面に落ちる。

勝敗は決した。

「決まりだね。勝者は、レイ＝ホワイトくんだ」

刹那。どよめきが広がる。

「マジかよ……」

「意外とあっさりだったな」

「でも……本当に一般人《オーディナリー》が勝つとは……」

皆、驚いているようだが、そんな中でもアメリアが俺をじっと見つめているのを感じる。それは勝利を祝福するというよりも、なんだか何かを求めているような……そんな視線。そうしてアメリアは、俺の方ではなくライト教官の方に向かった。

「先生」

「ん？　ローズさん。どうしたんだい？」

「次は私がレイとやってもいいですか？」

「彼が承諾するなら構わないけれど……」

「自分は構いません」

俺はすぐに承諾した。

なるほど。アメリアは俺と戦いたいのか。

そうして呆然《ぼうぜん》としながらミスター・アリウムがトボトボと皆のいる方に向かうと……今度は俺とアメリアが対峙《たいじ》することになった。

「レイ。あなたは不思議な人ね。魔術はうまく使えない。でも剣の技術は非凡で、それにカフカの森でも実戦技術は凄《すご》かった。その時から、あなたとはきちんと戦ってみたかったの」

「なるほど。それは嬉《うれ》しい言葉だ。ともに切磋琢磨《せっさたくま》しようではないか」

「ふふ。そうね」

互いに構える。

そうして再び、ライト教官の声が上がる。

「では……始めッ!!」

先ほどと同じように、コードを再び走らせて身体強化をするが……。

「む……ッ！」

「はあああああああああッ‼」

疾《はや》い。

アメリアの速度はミスター・アリウムのそれを優に上回っていた。

それは純粋に魔術の構成もあるだろうが、これはコードの処理速度もまた彼女は一流なのだろう。容量《キャパ》も大きい、それに処理速度も速い。

こればかりは才能的な面が大きいので、彼女は大きな才能を持っていると断定するしかない。

彼女の剣戟《けんげき》を真正面から受け止める。

重くはない……だが、速いッ！

俺が受け止めた瞬間にはすぐに次の攻撃に移っている。

俺もまたその間を縫うようにして、攻撃を重ねるが……完全にジリ貧。

彼女のそれは、今の俺の剣戟をわずかにだが、上回っていた。

——今のままでは無理か。しかし、ここで……。

と、少しだけ思案して、俺は自分の能力の枷《かせ》が少しだけ外れてしまうことに気がついた。熱くなってしまった。彼女のそのあまりにも美しい剣戟に、俺もまた本気で向き合いたいと、そう思ってしまった。

そしてさらに激しさを増していく戦い。

互いに交わす剣は、徐々にスピードを上げていく。今まで、アメリアと何度も剣は交わしているが、今回ばかりは彼女のやる気は違った。

今度こそ絶対に一本取ってみせる。そんな気概が見て取れた。

俺もまたそんな彼女の気迫に引《ひ》き摺《ず》られるようにして、徐々に感覚を取り戻す。あの戦場で学んだ技術を思い出していく。

体とは不思議なもので、数年間使用していないにもかかわらず、その剣技は確かに、俺の体に刻み込まれていた。

「ぐ……っ！」

アメリアが苦痛の声を漏らす。

俺のスピードはさらに増していく。彼女はすでに防戦一方になっていた。

そして、容赦無く剣を振り続ける。

縦横無尽に、あの日々を思い出しながら夢中になって剣を交える。

そして俺は気が付けば一線を超えてしまっていた。

明らかに学生のレベルを超えている剣が、アメリアに向けられてしまったのだ。

「……え？」

ぽかんとしたアメリアの声は、もう意識の中にはなかった。

そして俺の剣は吸い込まれるようにして、彼女の喉元に向かっていくと思いきや——

「ぐ……ッ！」

痛みが脳内に走る。そして、その攻撃は途中で勢いを失って、そのままアメリアに木刀を撥ね飛ばされてしまう。

「勝者は、アメリア＝ローズさんだね。でもホワイトくん……君は……」

「……いえ。自分は純粋に負けただけです」

俺はすぐに痛みをこらえると、アメリアに握手を求める。

「アメリア。君はすごいな」

「……最後の」

「ん？」

「最後のアレ、何？　私……見えなかった……」

「いや、あれは……」

「あなたは一体、何者なの……？」

アメリアのその問いに、俺が答えることはなかった。

ただ彼女は呆然としていた。その両目を見開いて、俺のことを見つめてくる。そんな彼女はどこか雰囲気が今までと異なっていた。

危うい、というべきだろうか。

アメリアは、異常な攻撃を見せた俺のことを不思議に思っているに違いない。

だがその視線に応えることはない。

俺は背を向けると、そのまま逃げるようにして去って行くのだった。


そして次の日がやってきた。

俺の噂《うわさ》は色々と聞いていたが、その風向きが少し変わってきたようだった。

「聞いた？　一般人《オーディナリー》が上流貴族に勝ったらしいよ？」

「噂によると、なんでもあの三大貴族のローズ様といい勝負もしたとか」

「へぇ……そうなんだ。意外とやるのかもね、一般人《オーディナリー》も」

といった声が少しだけ耳に入ってきた。

「おー。レイの噂も少しは緩和してきたのか？」

「そうだといいがな」

現在はエヴィと一緒に寮を出てきて、教室へと向かっていた。そんな矢先にその声が聞こえてきたのだ。

意外と俺に対する評価もすぐに変わるのかもしれない。

自分としてはそこまで気にしていないが、それでもやはり悪評はない方が今後の学生生活は平和に過ごせるだろう。

「でも……」

「どうした？」

「やっぱりお前の戦闘技術はすごいよな。どこで学んだんだ？」

昨日の件。

ミスター・アリウムとの試合はまだしも、アメリアの件は見る人が見れば俺の異常な動きは分かってしまうだろう。エヴィもまた何かを感じ取っているようだった。

どう答えるべきか迷う……が、ここは正直に答えることにした。

「俺には師匠がいるんだ」

「師匠？　剣術のか？」

「いやそれに限らない。人生の師匠だな。魔術、剣技、そして人としての在り方。色々と教えてもらったもんだ」

「へぇ……そうなのか」

「過酷だったがな」

「そんなに厳しいのか？」

「そうだな。ここでの生活が天国と思えるほどには」

思い出すと、今でも本当に過酷な日々だったと思う。

振り返ってみると、良《い》い経験ができたと言うこともできるが。

「ウヘェ……そいつはヤベェな。で、その師匠は今は？」

「今は王国の西の森に住んでいる。いつかエヴィにも紹介しよう」

「え……もしかして、シメられたりしねぇか？」

「大丈夫だ。見た目は麗しい女性だからな」

「女の人なのか……でも、見た目はってことは……」

「性格は色々と問題があるが、悪い人ではない」

「ま、それはレイを見ればわかるがな！」

「ふふ。そうか」

そうして俺たちは雑談を繰り広げながら、あっという間に教室にたどり着く。

「おはよう」

「おっす！」

挨拶をして各自、自分の席に向かう。すると俺の席にはエリサとそしてアメリアもやってくるのだった。

「おはよう。二人とも」

「お……おはよう……！」

昨日の試合で俺は少しだけ熱くなってしまい、能力の一部を解放してしまった。

そのことに関して、アメリアから言及されたが、俺は逃げるようにしてその場から去っていった。

あの一撃。おそらく他の生徒はまだしも、当事者であるアメリアと、それにライト教官は色々と感づいたのかもしれない。
だが、アメリアはそんな様子を微塵《みじん》も出さずに、いつものように話しかけてくる。
杞憂《きゆう》だといいのだが……あの後のアメリアは妙に危うい雰囲気を纏《まと》っていた気がする。
純粋に俺の剣技に驚いただけというわけでもなく、何か灼《や》けるような、焦がれるような
……そんな視線を俺は感じ取っていたのだ。
まだみんなとの付き合いは短い。
だからこそ、知っているようでまだ知らない側面があるのだと思った……それは互いに
……。
きっと俺もまた、アメリアの心の内を知る日が来るのかもしれない。
そうして今日もいつものように一日が始まるのだった。

放課後。

俺は後ろから声をかけられたので振り向くと、そこには彼がいた。

「……おい」

「ミスター・アリウム。なにか用事だろうか？」

「お前のせいで……俺はッ……俺はッ……！　貴族が一般人《オーディナリー》に負けるという屈辱を……

ッ！」

なるほど。これはただ事ではない。

それに彼の後ろには、数人の生徒がいた。きっと彼の友人なのだろうが、楽しく談笑……という雰囲気でもなさそうだった。

ちょうど放課後になり、図書館に寄っていて少し帰りが遅くなった現在。

俺は廊下を歩いて、寮に帰ろうとしていたところだった。

生徒もあまりいなく、夕日が心地よく差し込んでいた。

そんな中、ミスター・アリウムは俺のことを睨《にら》み付《つ》けてくる。

次に発する言葉は……おおよそ読めていた。

「俺がお前に負けるわけがないッ！　魔術剣士として、総合力を競うなら……俺は、絶対にお前には負けないッ！」

「なるほど。昨日の模擬戦では、十分な力が発揮できなかったと？」

「そうだッ！　魔術を組み合わせることができれば、身体能力だけのお前に負けるわけはないッ！」

「……そうか。それで、決闘の申し込みだろうか？」

「分かってるじゃねぇか……」

「ふむ……」

いつかこうなる事は、分かっていた。

明らかに俺のことを目の敵にしていたし、あの模擬戦での戦いがきっと響いたに違いない。

それに今朝の噂。彼にとっては不名誉なことこの上ないのだろう。

だからこその……憎しみ。

ここで受けないという選択肢も存在するが……きっとそれでは彼の気が収まることはない。

ならば、俺が取る選択は一つだった。

「分かった。付き合おう」

「真剣を使って、魔術剣士として戦うということだな」

「魔術行使もありだ」

「そうだ。それじゃあ、付いてこい」

俺たちは誰かに遮られる訳でもなく演習場に移動するが……チラッと後ろを見ると、エヴィ、アメリア、それにエリサまでもがジーッとこちらを見つめていた。

「レイくん。大丈夫かな……」

「私は大丈夫とは思うけど、心配よね」

「あぁ。いざとなったら、助太刀するぜ」

どうやら付いて来るようだが……心配してくれているのだろうか。

でも、心配はいらない。

この手の輩《やから》の対処は心得ているからな。

「おらよ」

と、ミスター・アリウムは真剣をこちらに投げて来る。

演習場にやってきた俺たちだが、なぜか見物の生徒が数多くいた。

これはすでに彼が見世物として、広めていたのだろうか。

パッと周囲を見るに、確かに貴族の生徒が多い。

流石《さすが》に全員の名前までは把握していないが、一般人《オーディナリー》の俺に対していい印象を持っていないのは明らかだった。

さらには音が外に響かないように、結界を複数の生徒が展開している。

どうやら、徹底的にやるようだ。

「ミスター・アリウム、ルールは？」

「敗北を認めた方が負けだ」

「なるほど」

俺は投げ寄越された剣を拾う。

カフカの森の演習でも使用したが、一般的なブロードソードだ。

そしてミスター・アリウムが持っているのもまた同様である。

この戦い、昨日と似たような形だが、明確に違う。

木刀ではないし、それに魔術の行使はあり。

本当の意味での、魔術師による戦い。

実際のところ、俺は極東戦役が終了してから……つまりは三年間、実戦経験はない。

しかし、その間に何もしなかったわけではないし、この学院でも努力は重ねている。

ならば、今の俺ができる最大を以《もっ》て彼に相対しよう。

「──おらあああああああっ！」

合図はなかった。しかしそれは承知の上。

審判などいない。

互いに鎬《しのぎ》を削り、相手に敗北の二文字を刻み込めば勝利となる。

「むッ……！」

「オラオラ、どうしたあああっ！」

以前とは違い、魔術の制限はない。彼は高速魔術《クイック》で火球《ファイヤーボール》を生み出して、さらには身体強化も重ねて俺の方に攻めて来る。

「…………」

依然として感情が先行しているのか、ミスター・アリウムは怒濤の攻撃を仕掛けて来る。高速魔術《クイック》による攻撃も素晴らしいものだ。

そしてそれを縫うようにして、俺に剣をぶつけて来る。

「防御だけかッ！　ああッ⁉」

「…………」

優勢と思っているのか、さらに攻撃を重ねる。

縦横無尽に繰り広げられる剣戟。

その間に、高速魔術《クイック》が入り込む。一見すれば、相手の方が優勢だろう。本人もそれが分かっているのか、さらに攻撃を重ねてくる。

だが、彼はまだ知らない。

感情など、戦闘には不要であり、余計なものでしかないと。

「あ……は……？」

ミスター・アリウムが唖然《あぜん》とした声を漏らす。

それは、俺が眼前に迫る火球《ファイヤーボール》をブロードソードで切り裂いたからだ。

ありえない出来事に彼は呆然となる。

それはこの戦いを観戦している生徒も同じだった。


そして、ブロードソードを中段に構え直すと、こう告げた。

「——ミスター・アリウム。世界の広さを教えよう」

「ほざけえええええええッ！」

改めて彼と対峙する。地面をしっかりと踏みしめて、その攻撃を視界に捉える。

——少しだけ、能力を解放するか。

俺は自分の限界を僅《わず》かにだが取り払って、ミスター・アリウムとの戦闘を続ける。

彼は高速魔術《クイック》で火球《ファイヤーボール》と火柱《ファイヤーピラー》を駆使しながら攻撃を重ね、それはもはや、絨毯爆《じゅうたんばく》撃《げき》にも等しいものだ。

すでに超近接距離《クロスレンジ》での戦闘は自分の方が劣っていると理解しているのか、完全に長距離からの魔術攻撃を選択。

「おらあああああああッ!!」

連鎖魔術《チェイン》による攻撃は、二十ほどのコードを連鎖させていると瞬時に理解する。

降り注ぐ火炎の世界。

すでに演習場は完全に紅蓮《ぐれん》の世界と化していた。

地面は融解といかないまでも、完全に焼け焦げるほどに。

だがもちろん、その炎は永続的に続くわけでもない。

狙っているのは直撃だろうが、俺に当たることは決してない。

「…………」

剣を地面と平行に低く構え、次々と降り注ぐ魔術の中を縫うようにして、駆け抜ける。

俺は先ほど、自分の限界を少しだけ取り払った。

もちろん、【冰剣の魔術師】として覚醒することはないが、その片鱗《へんりん》はすでに見せつつあった。

「何だ……あれは!?」

「どうなっているんだ!!」

「あいつは本当に一般人《オーディナリー》なのか⁉」

「下がれ、下がれ怪我《けが》するぞッ！」

「危ないぞッ！　下がれッ！」

そんな声が周りから聞こえてくる。

しかし、徐々に不必要な音は聞こえなくなる。

すでに俺の脳は無駄な情報を削《そ》ぎ落とし始めた。

「くそッ！　くそッ！　くそッ！　くそッ！　くそったれがあああッツ！　止まりやがれえええええええッ！」

喚《わめ》く。

すでに感情の制御はできていない。それは魔術にも如実に現れる。

降り注ぐ、火炎の雨。

目の端で周囲を捉えると、観戦している生徒にもわずかにその魔術は届いているようだが……どうやら最低限の自衛はできているようだった。

「……完全に自棄《やけ》になっているな」

そう呟《つぶや》きながら、その攻撃を避け続ける。

彼にしてみれば、俺がこの炎の雨の中を掻《か》い潜《くぐ》り、さらには炎の海の中を進み続けているようにも見えるだろう。

「どうしてだッ⁉　なんで当たらねぇんだよおおおッ！」

地面にはくっきりとその跡は残るが、俺にダメージを与えることは決してない。お粗末なその魔術は、軽く攻撃するだけで勝手に雲散霧消していくからだ。

『コードの術式構成が甘い』

師匠がこの場にいれば、そう言っていたに違いなかった。

最後に彼が取る行動は一つ。

間違いなく、切り札を出してくるだろう。

「へへへ……もう知らねぇ……どうなっても、知らないからよおおおッ！」

依然として叫び続けるミスター・アリウムが選択したのは、大規模魔術《エクステンシブ》。

コードの中に膨大な魔術の術式を書き込み、この世界に具現化するものだ。

「火炎龍《フェブリスドラコ》オオオオオオオオオオオオオオオッ！」

彼が両手を空に掲げると、顕現するのは炎の龍。

それが天から大地を駆け抜けるようにして俺に向かって、迫り来る。

それは今までの比ではない。

上級魔術。その中でも、大規模魔術《エクステンシブ》に属する魔術。

それが火炎龍《フェブリスドラコ》だ。

熱波が身体を容赦なく灼いていこうとするが、この程度ならば自制はできる。

直接炎で灼かれている訳ではない。

そして、真正面からその攻撃を見据える。

「――フウッ」

俺は、その迫りくる炎の龍を切り裂いた。

大規模魔術《エクステンシブ》ではあるが、コードの術式構成が甘いため切り裂くことは造作もなかった。

「……こんなものか」

ブンッ、と剣を振り直すと、その炎の龍は完全に消失した。

パラパラと舞う火の粉は、彼の敗北を意味していた。

「な……あ……は……!?」

あまりの驚きに、地面に手をついて後ずさる。

その目には信じられないものを見た、という恐れがあった。

「く……くるなッ！　くるなあああッ！」

一方の俺はスタスタと、悠然と歩みを進める。

すでに決着はついた。

彼の心は打ち砕かれ、俺には勝てないと心に刻まれたのだ。

「レイッ！　危ねぇッ！」

「レイッ！」

「レイくんっ……！」

それは三人の声だった。

それと同時に、他の生徒の声も聞こえてきた。

「喰《く》らえッ!!」

ちょうど皆の対角線にいる生徒が、俺に対して魔術を行使したのだ。それこそ、第三者による妨害と言っていいだろう。

俺はこのことを予想していた。

ここにいるのは、アメリア、エヴィ、エリサを除いて俺のことが気にくわない貴族ばかり。

ならば、このような状況になれば卑劣な手段に出ることは可能性として考えていた。

「……大丈夫だ。この程度でどうにかなりはしない」

その魔術を視界に捉えることなく、剣を後ろに向かって薙《な》ぐ。

すると、相手が放った火球《ファイヤーボール》もまた、消え去っていく。

「なぁ……!?」

その声は、魔術を放った人間のものだろう。

妨害をしてきた生徒も、他の生徒たちも唖然としたのか、もう何もしてこないようだった。

「ひッ……！」

　剣をスッと向ける。

　そして俺は、こう告げた。

「ミスター・アリウム。俺の勝ちでいいだろうか？」

「あぁ……お、俺の負けで構わない……と……でも言うと思ったかああああああッ！」

　その刹那。

　彼は高速魔術《クイック》で火球《ファイヤーボール》が発動した。

　時間にして一秒にも満たないそれは、明らかに用意していたのだろう。

「な……はぁ……消え、た……だと⁉」

　剣を握っていない左手をスッと横に薙《な》ぐと、その魔術は掻き消える。

「魔術の無効化……⁉　そんな技術、聞いたことないぞッ！」

「厳密に言えば、無効化ではない」

「じゃあ……分解なのかッ⁉」

「いいや分解でもない。言っただろう、世界の広さを教えると」

「どうしてッ……お前ッ！　本当は、貴族なんだろうッ⁉　三大貴族の隠し子だろうッ！

あぁッ⁉」

　俺の出自を否定することで、自分の敗北を正当化しようとしているが……俺は容赦無く現実を突きつける。

彼には知るべき現実があるのだから。

「違うさ。生まれは間違いなく、一般人《オーディナリー》だ。しかし、一般人《オーディナリー》であっても魔術は使えるし、こうして……戦うことができる。生まれは大事だろう。でも、それが全てではない。ミスター・アリウム。君はそれを知ればもっと成長できる」

「……俺は……俺は、一体……」

もう抵抗する様子もない。

ただ生気が抜けたように、その場に伏せるミスター・アリウム。

そうして、地面に伏したまま慟哭《どうこく》する。

「うああああああああああああああああッ！」

悔しいのだろう。

見下していた一般人《オーディナリー》に完敗を喫した。

彼は優秀な魔術師だからこそ、理解できたのだ。

俺との間に存在する、明確な隔たりを。

でもそれを認識できるのなら、いい。

その悔しさをバネに、また戦える。学ぶことができる。

一度の敗北が、死に繋《つな》がる戦場ではないのだから。

だから今は……慟哭によって涙を流すのも、必要な時だ。

「レイッ！　大丈夫なの！」

「お前、あの炎の龍を切り裂いたよな！　どうなってやがる⁉」

「レイくん……あなたは、一体……？」

遠目から見ていた、アメリア、エヴィ、エリサがやってくる。

……ここまで見せたのなら、もう隠す必要はないのかもしれない。

もう、いい。

この仲間たちになら……俺の全てを知ってもらってもいい。そう思えるほどに、大切な人ができた。

だから俺は……自分の素性を明らかにしようとするが——。

「なッ！」

「きゃっ！」

「うおっ！」

「……ッ！」

その重圧は、普通の魔術師は耐えきれないだろう。

俺以外の全員はその場に叩《たた》きつけられるようにして、地面に伏せる。

周りにいた貴族の生徒もすでに気を失っているのか、バタバタと地面に倒れていく。

今この場で意識があるのは、ミスター・アリウムを含めて俺たち五人だけだった。

するとどこからともなく、まるで影の中から現れたかのように、聞き覚えのある声が耳に入ってくる。

「ははは……素晴らしいな。いや、素晴らしいとも。いい友情だ。しかし、君たちはこれから生贄《いけにえ》になるんだ。誇らしいとは思わないか？　そうだろう？　なぁ、レイ＝ホワイトよ」

「あなたは……」

この状況下で、動けるのは俺しかいない。

「さて、さて。君たちはどう処理しようか……まぁ、でもとりあえずは、お前をどうにかしないとな。なぜか動けるようだしな……ふふ……」

スッと眼《め》を細める相手。

それを見て悟る。

こいつは……普通ではない。

明らかな殺意が込められた視線。

それはミスター・アリウムの比ではない。

何度も目撃してきた……殺戮《さつりく》に慣れている者の瞳だ。

その瞬間、今までの違和感が全て氷解していく。

師匠の話。

実習での違和感。

俺に対する視線。

その点と点が、有機的に繋がっていく。

そして、俺は相手の名前を告げた。

「グレイ教諭……あなたが、そうでしたか」

「劇的な出会いで心躍るだろう？　さぁ、存分にやりあおうではないか」

彼女のその姿は、あの教室で見ていたものとは天と地ほどの差がある。

それは、不敵に微笑《ほほえ》む顔を見ればすぐに理解できた。

彼女の表情は、殺しに愉悦を見出《みいだ》している人間のそれだ。

解放するしか、無いのか……。


【氷剣の魔術師】


その真価を、本領を発揮しなければならない時が来てしまったようだ。

経験からわかる。

これは正真正銘の本気でないと、俺は負けるのだと。

そうして、この場にいる生徒たちは彼女に蹂躙《じゅうりん》されるに違いない。

——師匠。申し訳ありません。ここは、使うしかない場面です。引くわけにはいきません。

ここにいる全員を守るために俺は……あの瞬間《とき》に少しばかり、戻るしかないようです。

そう師匠に内心で謝罪すると、俺はこう言葉にする。

「──体内時間固定《クロノスロック》、解除《リリース》」

約三年ぶりに、氷剣の魔術師がこの世界に出現する。

吹き荒れる第一質料の奔流。それは俺を中心にして起こっている。この体から溢《あふ》れ出《で》てくるのは、青白い第一質料《プリママテリア》。

それを感じ取ると共に、徐々に自分の体が変質していくのを感じる。

元々青みがかった黒い髪は、その色を変質させ、肌の色もまた、どこまでも透き通ったような純白へと変化していく。

「レイ……その姿は……？　それに、その髪は……？」

アメリアは呆然とそう呟く。

俺以外の四人は、意識はまだあるものの、すでに立ち上がるだけの気力はない。

ただ地面を這《は》うようにして、俺をじっと見つめている。

あの瞬間、俺はとっさに防御障壁を構築。

それにより、近くにいた四人はなんとか意識を保っていた。

ミスター・アリウムもまた、この重圧の中でまるで俺の存在を心に灼きつけるような

……それこそ、怒りや憎しみとは異なる目で俺のことを見つめていた。

そしてアメリアの指摘の通り、髪はどこまでも白く変質し、少しだけ青みがかった色を帯びる。

――この姿になるのも、三年ぶりなのか。

少しだけ懐かしく思う。

あの過酷な戦場を想起して、決して気分はいいものではないが……学友たちを守るためならば俺はこの姿になることに躊躇《ためら》いはない。

「すごい……第一質料《プリママテリア》が……レイくんの周りに……」

「あぁ……視《み》える。どれだけ濃いんだよ……可視化なんて現象、普通はありえねぇだろう……」

エヴィの言う通り、俺の周囲にはすでに青白い第一質料《プリママテリア》が可視化できるほどになっていた。

もちろん第一質料《プリママテリア》は目に見えないし、色もない。

ただ俺という魔術師を媒体として、この世界に青白い粒子として可視化されているだけだ。

まだ完全に能力は戻っていないが、制限は完全に取り払った。

あとは時間が経過すれば、完全な状態に戻っていくだろう。

「俺のことは……これが終われば話そう。もう隠し事はしない。誠心誠意、謝罪をしよう。だが少しだけ、待っていてほしい。俺はどうやら、グレイ教諭と……戦う必要があるらしい」

そして、ゆっくりと歩みを進める。

「ほう……やはり、お前は只者《ただもの》ではなかったか」

「それはあなたも同じですよ。そして、いつもの彼女ではない。

ニヤッと嗤《わら》っているその姿は、いつもの彼女ではない。

だがグレイ教諭は俺の話に興味があるのか、まだ攻撃の姿勢はみせない。

どうやら、話には応じるつもりみたいだ。

俺はそのまま言葉を紡ぐ。

「いいだろう。最後の講義といこうではないか。では、君の憶測を話してみたまえ」

「……すでにその存在は知っています。あなたは、優生機関《ユーゼニクス》の所属だ」

「続けろ」

「その目的は魔術記憶《エングラム》。つまるところは、魔術師の脳だ。そして、あの相談の時に言及していた停学、退学の生徒は……」

彼女は俺の言葉をかき消すようにして、高らかに笑い始めた。

「ははは！　正解だ。レイ＝ホワイト。私は聡《さと》い人間は嫌いではないよ。さて、君の魔術記憶《エングラム》にも非常に興味が出てきた」

さらに俺は言葉を続ける。

「……そして、カフカの森での実習。あれは事故に見せかけて、生徒を誘拐しようとしましたね？　あの森にいたのも、魔物を操作するためだ」

「ククク……そこまでわかっているのか。あの演習は毎年うってつけでなぁ……どうとでも言い訳がつく。そして私は嘆くのさ。悲劇のヒロインとしてな……あぁ、どうして私の生徒が……とな？　本当にこの学院は最高さ」

顔を歪《ゆが》めながら問答に応える彼女に俺は怒りを覚えるが、それをグッと堪える。

「それに、ミスター・アリウムも様子がおかしかった。他の生徒もそうです。あなたが焚《た》きつけたんですね？」

「馬鹿な連中さ。プライドばかり高くて、実力が伴わないゴミどもだ。だが、こうして質のいい魔術師がこの場に揃《そろ》ったのは僥倖《ぎょうこう》だ。これだけあれば、優生機関《ユーゼニクス》での地位も上がるというものだ」

感情を抑えつける。いま、怒りはいらない。冷静に努めるべきだ。

「……俺に対するあの話も、偽りだったのですね」

「当たり前だろう。お前には感じるところがあったからな。興味のある生徒はあのようにして、事前に二人きりで話をするのさ……面倒見のいい先生として、な。私はうまく演じることができていただろう？」

嗤《わら》う。

グレイ教諭は生徒を確保して、殺して、その脳だけを切り開いている正真正銘の人の道を外れた魔術師。面倒見のいい教師として学内でも有名だった。それこそ、この学園唯一の一般人《オーディナリー》である俺も心配してくれるほどに。

それは、全て偽物だった。

ただ、魔術の真理を追究できれば……人間の命など、どうでもいいのだろう。

それこそ、こいつらは平然と人間の命を消耗品として扱う。

それに、意識を残す生徒が居る上でここまで饒舌《じょうぜつ》に話すということは……決して生かして帰す気は無いのだろう。

全員がただの実験道具として扱われる。人としての尊厳などなく、ただ蹂躙されるだけ。

しかし、そんな非道など許しはしない。

だからこそ、俺のやることは一つだ。

「……腕の一本や二本は覚悟してもらいます。グレイ教諭」

「ほう……まだ私を教師と呼ぶか。しかも、殺すのではなく生かして捕らえる気か。いいよ……レイ＝ホワイト、お前は面白い。しばらくは生かしたまま、その脳内の魔術記憶《エングラム》を観察してやろう」

その言葉が、合図だった。

「──フッ」

地面を踏みしめて、距離を詰める。

しかし先ほどの俺の戦い方を見て、グレイ教諭はすぐに俺から距離を取ろうとする。

超近接距離《クロスレンジ》での戦闘が、俺の真価だと理解している。

今までの会話も、それこそあの相談の時にライト教官が褒めていた……と言っていたのも、リサーチの一環。

俺に対して警戒していたからこそ、グレイ教諭はあの場を設けたのだ。

そしてそれはまさに的中しており、彼女はさらに後方へと距離をとっていく。

「ふふ……知っているとも。お前は近接に特化した魔術師だろう？　一般人《オーディナリー》だというのに、その第一質料《プリママテリア》の保有量などは謎だが……懐《ふところ》に入れなければ……並み以下の魔術師だ」

高速魔術《クイック》と連鎖魔術《チェイン》を掛け合わせて、彼女が生み出したのは、中級魔術である炎蛇《ファイヤースネーク》。

それは、不規則な軌道を描きながら対象に絡み付こうとする炎の蛇。

こいつに一度捕まってしまえば、体は焼け焦げ、朽ち果てるまで離れることはない。いわゆる、殺戮に特化した魔術だ。

また、厄介なのは数。

総数は視界に入るだけでも、すでに二百は超えているだろうか。

地面を滑ってゆく炎蛇《ファイヤースネーク》は不規則に、さらに高速で移動しながら、対象となっている俺を取り囲むようにして迫ってくる。

「くッ……！」

能力を解放したとはいえ、まだ完全に能力は馴染《なじ》みきってはいない。この姿になるのは約三年ぶり。

この状態で魔術を使用する感覚にまだ慣れていないため、本領を発揮するにはまだ時間がかかる。

今は距離を取りつつ逃げるしかない。

「ほらほら、どうしたあッ！　逃げてばかりでは、どうにもできないぞッ！　レイ＝ホワイトよッ！」

その数はすでに、三百に迫る。

彼女は依然として不敵に嗤いながら、俺が逃げるさまをニヤニヤと凝視する。

さしずめ、狩りでもしている感覚なのだろう。

また幸いなことに、その対象は俺だけなので他の生徒から距離を取るようにして、炎蛇《ファイヤースネーク》を誘導する。

そして彼女のその表情をチラリと見れば、愉悦に浸っているのがよくわかる。

「――ッ」

ギリッと歯を食いしばる。

あの戦場でもそうだった。

どうして、どうして人を殺すことに悦《よろこ》びを見出せる。

どうして、何も思わない。

でも、だからこそ俺は、立ち向かうしかない。ここにいる全ての生徒を、そして学院でできた大切な友人を守るためにも。

「は、つまらんな。ではこれで……どうだ？」

さらに生み出した炎蛇《ファイヤースネーク》が狙うのは、アメリアたちだった。

彼女たちはまだかろうじて意識がある。そんな中、目の前から何百という炎の蛇が食らいつこうとしてくる。

敢《あ》えて意識のある者を狙うその神経には、怒りが再び沸き上がるが……鎮める。

いま為すことは、彼女を無力化することだけ。

不要な感情は切り捨てろ、と自分自身に言い聞かせる。

「──師匠。使わせていただきます」

やっと、体も慣れてきた。

それはまるで、最後のパズルのピースが嵌《は》まるような……そんな感覚。

刹那。

脳内でコードを一気に走らせる。

ここ三年間はまともに行使してこなかった魔術。

内部《インサイド》コードは使ってきたが、この世界に物質または現象を具現化する外部《アウトサイド》コードを使うのは……実に三年ぶりだった。

《第一質料《プリママテリア》＝エンコーディング＝物資《マテリアル》コード》

《物資《マテリアル》コード＝ディコーディング》

《物質《マテリアル》コード＝プロセシング》

《エンボディメント＝物資《マテリアル》》

「きゃっ……！」

「うおっ……！」

「うわっ……！」

「なッ⁉」

四人の目の前には氷の壁が生成されていた。

その氷壁に炎蛇《ファイヤースネーク》が次々とぶつかっていくが、完全に消失していく。

もちろん、迂回《うかい》するようにして迫る炎蛇《ファイヤースネーク》は俺が対処していく。次々と氷柱《つらら》を生み出すと、炎蛇《ファイヤースネーク》を突き刺すようにして無力化していく。

不規則に動き回る蛇たちだが、ピンポイントでその炎の蛇を掻き消していく。

精密なコードの構築。

それは座標認識が必要となる超高度な技術だが……そんなものは、もはや無意識化で行えるほどに俺の感覚は戻りつつあった。

——これならば、アレも使えるかもしれない。

「その規模の魔術を高速魔術《クイック》で使える？　それに、その精度……なんだ、それは……？」

呆然としているグレイ教諭の声など気にならなかった。

周囲は徐々に凍《い》てついていく。

俺を中心にして広がるように、パキパキパキと凍りつく世界。

この空間は完全なる氷の世界へと変貌する。

焼け焦げた地面の跡も、ミスター・アリウムとグレイ教諭が使用した魔術の痕跡も、全てを塗り替え、侵食するようにして、俺から漏れ出す第一質料《プリママテリア》はこの世界に顕在化《けんざいか》する。

もはやこのブロードソードなど必要なかった。

持っているそれを凍りついている地面に突き刺し……。

こう呟いた——

「——氷千剣戟《アイシクルブレイズ》」

新しいコードを脳内で走らせると、空中に固定されるようにしてこの世界に具現化するのは——

氷剣。

空中に浮遊する氷《こおり》の剣。

右手をバッと横に広げ、その氷剣を一列に整える。

そして俺は、宙に浮かぶ氷剣を一本だけ右手で摑《つか》み取《と》る。

——あぁ、この感覚だ。

この手に残る確かな冷たさ。

それは、俺にあの頃の記憶を呼び起こさせる。

そして、この現象がただ事ではないと理解したのか、グレイ教諭は喚くように口を開く。

「お、お前まさか……いや、【氷剣の魔術師】は極東戦役で引退したはずだッ！　こんな場所に……それこそ、一般人《オーディナリー》のお前が氷剣のわけがないッ！」

【氷剣の魔術師】がこんなところに存在しているわけがない、というのも理解できる。

七大魔術師の素性は明らかにされていない者の方が多い。

それこそ、俺が当代の【氷剣の魔術師】であることを知っている者は限られている。

だが、俺は間違いなく師匠の後を引き継いだ【氷剣の魔術師】である。

何よりも、この氷剣がそれを物語っている。

「その通りです。しかし、【氷剣の魔術師】は引き継がれていた……ある一人の少年に
……」

「バカな……バカなッ！　バカなッ！　あり得るはずがないッ！　そんな戯言《たわごと》をほざくなあああああッ！」

炎系の魔術を大量に放ってくるが、それは全て氷剣で切り裂いていく。

「…………」

グレイ教諭の攻撃は確実に俺を追い詰めるようにして発動していく。
火球《ファイヤーボール》、火柱《ファイヤーピラー》、火雨《ファイヤーレイン》。
炎の世界と氷の世界の衝突。
だが俺は氷剣を使用して、全てを切り裂く。
その炎が俺の世界を侵食することはありえない。
縦横無尽の剣戟。
もちろん、この手に持つ氷剣もそうだが、俺は全ての氷剣を高精度で操作できる。
砕け散ろうが、その砕け散った氷を媒介として新しい氷剣を生み出すのも自由自在。
圧倒的な手数こそが、この技——氷千剣戟《アイシクルブレイズ》の強みだ。
それは【氷剣の魔術師】の象徴でもある。
「氷剣がどうした……七大魔術師であろうとも、こいつは……防げまいッ！」
瞬間、膨大な第一質料《プリママテリア》が彼女に集まっていく。
まだ微《かす》かにだが、火属性の残滓《ざんし》を含んだ第一質料《プリママテリア》は存在している。
それを掻き集めるようにして、グレイ教諭はコードを走らせる。
そして、彼女の魔術に真正面から対峙する。
「煉獄龍《カサルティリオドラコ》オオオオオッ！」
顕現するのは、煉獄の龍だった。
それは、ミスター・アリウムが使用した火炎龍《フェブリスドラコ》の比ではない。

大規模魔術《エクステンシブ》に属する聖級魔術《せいきゅうまじゅつ》であり、その名の通り煉獄を纏う龍。

赤黒い炎によって構築された身体。

それが真っ直ぐ俺に向かって、大地を進んでくる。

地面が灼け焦げるなんて規模ではない。

それは融解を起こすほどの規模の魔術。

ある程度距離があるこの場であっても、肌が灼かれるような感覚があるほどだ。

幸いなのは、今の彼女は俺しか見据えていないことだった。

だからこそ、他の生徒は火傷《やけど》を負うだろうが、死に至ることはないだろう。

「……ふぅ」

深呼吸。

もちろん、この振りまかれる熱波は魔術である程度は防御できるが……それを踏まえた上でも、聖級魔術《せいきゅうまじゅつ》はやはり尋常ではない。

使える魔術師はそれこそ、聖級《グランド》の魔術師に限られる超高難度の大規模魔術《エクステンシブ》。

そして俺が行使するのは、氷剣ではない。

この規模の魔術ならば、氷剣で対処するよりもさらに効果的な魔術があった。

それはこの世界で俺だけしか使用できない魔術だ。

そうして、別のコードを走らせる。

「——どうやら使うしかない、か」

発動するのは、対物質《アンチマテリアル》コード。

それは三年前に師匠が発見した新しいコードだ。

物質《マテリアル》や現象には物質コードと対物質《アンチマテリアル》コードが同時に存在しており、俺は潜在化している対物質《アンチマテリアル》コードを活性化させることができる。

コードへの内部干渉。それは俺が得意としている技術の一つだ。

そして、煉獄龍《カサルティリオドラコ》に座標を指定。

そのコードである内部情報形式を読み取ると、内部に残存している対物質《アンチマテリアル》コードを活性化させる。

《対物質《アンチマテリアル》コード：還元《レストレーション》》
《物質《マテリアル》＝対物質《アンチマテリアル》コード》
《物質《マテリアル》：還元《レストレーション》＝第一質料《プリママテリア》》

「──対物質《アンチマテリアル》コード、起動《アクティベート》」

・

瞬間、聖級魔術《せいきゅうまじゅつ》である煉獄龍《カサルティリオドラコ》が消失。

僅かな火の粉すら残らない。

魔術としてこの世界に具現化している現象を、元の第一質料《プリママテリア》に戻したのだ。

ミスター・アリウムに言った言葉の意味はこれだった。

厳密に言えば無効化ではないし、分解でもない。

対物質《アンチマテリアル》コードの本質は戻すことにあるのだ。

魔術を逆転させる事こそ、この対物質《アンチマテリアル》コードの真価である。

「は……あ……？　一体、なんだそれは……」

塵《ちり》すら残らない現象を目の前にして、ただただ唖然とするグレイ教諭。

無理もないだろう。

対物質《アンチマテリアル》コードは論文の中のものであり、実際に存在していることは確認されていても、使い手はいなかったのだから。

俺は改めて、淡々と告げる。

「氷剣はアトリビュートであり、本質ではない」

「何を、言っている……？」

――アトリビュート。


それは言い換えれば、シンボル、象徴ともいうことができるだろう。

だがそれは、本質ではない。氷剣はアトリビュートに過ぎない。

それは、決して氷剣だけが使える能力ではない。

【氷剣の魔術師】

師匠の後を引き継ぎ、俺は知った。その本質というものを。

そして、俺がなぜ今まで自分の能力を抑えることができていたのか。

それもまた、この本質が根幹にあるからこそ。

それは氷剣にも繋がっている。

ある三つの本質を軸に、【氷剣の魔術師】とは成り立っているのだ。

「あなたに、【氷剣の魔術師】の本質を見せよう」

真の意味で、【氷剣の魔術師】が顕現する――。


「何を、何を言っている……？　お前は一体……？」

呆《ほう》けた表情で俺を見つめるグレイ教諭。

完全に理解できないという顔である。

「う、うわあああああっ！」
互いに魔術を発動する。
彼女は物質《マテリアル》コード、一方の俺は対物質《アンチマテリアル》コードを。
グレイ教諭は恐怖心故に、闇雲に魔術を発動する。
【氷剣の魔術師】がこの場にいるわけがない。
しかし、目の前に顕現しているのは間違いなく氷剣である。
それを見て、認めるしかないのだ。
レイ＝ホワイトは正真正銘の【氷剣の魔術師】であると。
「くるなッ！　くるなああああっ！」
慌てて大量の魔術を行使するグレイ教諭。
脳内に過《よ》ぎる可能性を払拭できないのだろう。
慌てて行使するその魔術はもはや、魔術と呼ぶのも烏滸《おこ》がましいものだった。
それは、コードが破綻しかけている魔術。
その程度のものは、俺の対物質《アンチマテリアル》コードの前では無意味に等しい。
《対物質《アンチマテリアル》コード：還元《レストレーション》》
《物質《マテリアル》＝対物質《アンチマテリアル》コード》
《物質《マテリアル》：還元《レストレーション》＝第一質料《プリママテリア》》

もはや呼吸に等しいそれを、一瞬で実行する。
瞬間、その無秩序な魔術は第一質料《プリママテリア》に還元される。
パラパラと宙に舞う青白い粒子は、完全に可視化されるほどに濃度が濃いものだった。
「あ……あぁ……うわああああ！」
グレイ教諭は背を向け、怯《おび》えるようにしてその場から駆け出し始めた。
もちろん、逃しはしない。
《第一質料《プリママテリア》＝エンコーディング＝物資コード《マテリアル》》
《物資コード《マテリアル》＝ディコーディング》
《物質コード《マテリアル》＝プロセシング＝減速《ディセラレーション》＝固定《ロック》》
《エンボディメント＝物質《マテリアル》》
「――氷千剣戟《アイシクルブレイズ》」
減速の工程を組み込んで改めて発動する氷剣。
それは先ほどとは異なり、より細かくコードを組み込んだ。
大まかに言えば、温度とは分子の振動で決まる。
氷魔術が得意な魔術師は、結局のところこの減速《ディセラレーション》の扱い方次第だ。

しかし、多くの魔術師はそれをコード理論の工程に組み込めない。

減速、というものを完全に無意識の中で処理をしてしまい、普通の魔術師はただそれを氷魔術として使用しているに過ぎないが……。

【氷剣の魔術師】の真価は、その先にある。

緻密《ちみつ》なコード構築。

そしてそれによって生み出される氷剣。

つまるところ、魔術の技量とはコード理論の工程にどれだけの細いコードを組み込めるのか……という事に尽きる。

俺はコードの中に減速《ディセラレーション》と固定《ロック》を組み込み、それを処理の過程で造形を描いて、氷千剣戟《アイシクルブレイズ》を発動。

「……グレイ教諭、覚悟を」

手掌《しゅしょう》で氷剣を操作すると、その無数の氷《こおり》の剣《つるぎ》は容赦なくグレイ教諭を襲う。

彼女はその攻撃に気がついたのか、すぐに炎魔術で相殺しようとするも……すぐに対物質《アンチマテリアル》コードを発動。

その魔術を第一質料《プリママテリア》へと還元する。

さらに俺は魔術を重ねる。

《第一質料《プリママテリア》＝エンコーディング＝物資《マテリアル》コード》
《物資《マテリアル》コード＝ディコーディング》
《物質《マテリアル》コード＝プロセシング＝固定《ロック》》
《エンボディメント＝現象《フェノメノン》》

「──座標固定《フレームロック》」

固定する座標はグレイ教諭の脚に指定した。

固定。

この魔術もまた、俺の得意としているものだ。対象を選択し、それに対して第一質料《プリママテリア》を凝固させるように集中させ、そのままそれを固定する。

別にこれは冰剣のような物質だけでなく、人体に対しても有効。

人体に対しては介入する要素が多いため難易度は上がるものの、完全に覚醒した【冰剣の魔術師】である俺にとって、それは些事《さじ》に等しい。

この場所を三次元空間として再定義して、固定座標を指定。

グレイ教諭はその場に固定されてしまい……冰剣が容赦なく彼女の元に迫る。

「きゃあああああああああああッ！」

悲鳴。

無数の氷剣は、無慈悲にも彼女の脚を貫いた。
完全に貫通しており、その場に大量の血液が舞い散る。
突き刺さっている氷剣にもまた、彼女の血がべっとりとこびりつく。
ポタポタと滴る紅蓮の血を見ても、動揺などしない。

「…………」

自分の魔術が彼女を貫くが、冷静にそれを見つめて……歩みを進める。
【氷剣の魔術師】の本質。
それは今、俺が行使した魔術に集約される。

【減速】、【固定】、【還元】

能力名として示すのならば、減速《ディセラレーション》、固定《ロック》、還元《レストレーション》。
氷剣とはその中でも、減速《ディセラレーション》、固定《ロック》を主軸にして生み出している魔術だ。
還元《レストレーション》は対物質《アンチマテリアル》コードを使ってコード理論を逆転させ、魔術を第一質料《プリママテリア》に戻す技術。
この三つこそが、【氷剣の魔術師】の【本質】だ。
氷剣とはただのアトリビュートに過ぎない。

全ては応用。

この三つを主軸にして魔術を行使するのが、当代の氷剣の魔術師。

それを完全に解放した俺は……もはや、誰にも止めることなどできはしない。

「さて」

「ひ、ひぃいいいいい……お、お前は本当に……あの氷剣なのか……ッ⁉」

「そうだ。初めに言っただろう。俺こそが、【氷剣の魔術師】であると」

「う……あ……あぁ……」

もはやその双眸からは、先ほどのような強い殺意を感じない。

今までは狩る側だったのだろう。

その過程を楽しみ、人を殺し、脳を弄《いじ》ることに悦を見出していた。

しかし今となっては、自分こそが狩られる側であり……【氷剣の魔術師】には決して届きはしないと、本能に刻み込む。

「やめろ……まて、わかった。お前も優生機関《ユーゼニクス》に紹介しよう！　そうだ！　それがいい！　なぁ、だから今回は見逃してくれ！　私の研究はここで終わるわけにはいかないんだッ！」

ズルズルと這うようにして、俺の足元に近づいてくるが……それはもちろん囮《おとり》。彼女はすぐに、俺の顔面めがけて高速魔術《クイック》で火球《ファイヤーボール》を生み出した。

しかし、そんな姑息《こそく》な手に引っかかるほど、俺は経験がないわけではない。

すぐに対物質《アンチマテリアル》コードで無力化する。

「どうした。続けないのか？」

「ひ……ひぃいいい……！」

絶対的な実力差。それをハッキリと彼女に突きつける。

「う……あぁ……ああ……」

「終わりだろうか、グレイ教諭」

スッと氷剣を右手に顕現させると、それを握りしめて彼女の喉元に突きつける。

「あぁ……凄いよ。認めるさ。白金級《プラチナ》であっても、聖級《グランド》には届きはしないのだと。しかも、七大魔術師の中でも近接戦闘最強の氷剣には……ははは、勝てはしないさ……ハハ、アハハハ！」

嗤う。

それはもはや自暴自棄の表れなのだろうか。

それでも油断はしない。この氷剣を下ろすことはしない。

「それで、どうする？　その氷剣で私を殺すのか？」

「いえ。然《しか》るべき処分を受けてもらいます」

「フフ……生かして捕えるのか。なるほど……ふふふ……そうか。もう、なりふり構っていられないようだな……」

その刹那、漆黒の闇が出現するが……それは第一質料《プリママテリア》の奔流であるとすぐに悟る。

俺がこの身体から青白い第一質料《プリママテリア》を漏らしているように、彼女もまたその身体を媒介にして漆黒の第一質料《プリママテリア》をこの世界に顕現させていく。

「――ダークトライアドシステム、起動《アクティベート》」


そんな声が、目の前の漆黒の闇の中から聞こえてきた。

ダークトライアドシステム。

それは師匠が言っていたものだ。しかし、名称を知っていたとしても、その能力までは完全に未知数。

そして、その第一質料《プリママテリア》の奔流が収まるとその場に現れたのは……異形《いぎょう》そのものだった。

「ふふ……アハハハッ！」

それはもはや、人間と形容していいのか分からなかった。

身体中には赤黒いコードが可視化できるほどに流れており、さらにはその瞳もまた灼けるような深紅に染まっていた。

またあれは骨なのだろうか……身体中の至る所から、白い鋭利な棒状のものが完全に剝《む》き出《だ》しになっていた。

「私にここまで使わせたんだ……今までの研究の成果全てを……お前には道連れになってもらうぞ……？　なぁ……冰剣」

両手を広げて、高らかに嗤う。

内部《インサイド》コードの一種なのかもしれないが……普通の身体強化でも、あそこまで異形になり得る現象など聞いたこともない。

ダークトライアドシステム。

魔術記憶《エングラム》。

人間がその倫理の枷を外して、たどり着いたのが……人間の外の生物だとでもいうのか。

「……さぁ、楽しませてくれよ？　冰剣」

彼女がスッとその手を掲げると、俺は感じた。

自分の真下を起点にして、火柱《ファイヤーピラー》が出現するのを。

もちろんそれは高速魔術《クイック》での発動だが……威力は今までの比にならない。

俺はそのまま後方に下がりつつ、冰剣をさらに展開して相手の様子を見ようとするが
——

「——ぐッ！」

「ほらほら、どうしたあッ！！！　冰剣よおおおおッ！」

すでに彼女の姿は目の前にはなかった。

瞬間移動とでもいうべき速さで、後方に回り込んでいたのだ。

俺の眼前で魔術を発動しようとするが、すぐに対物質《アンチマテリアル》コードでそれを第一質料《プリママテリア》へと還《かん》元《げん》。戻された第一質料《プリママテリア》を踏み台にして、俺はさらに氷剣を生み出す。

「──ハァッ！」

肺から一気に空気を吐き出すと、そのまま大量に出現している氷剣でグレイ教諭の身体を切り裂いていく。

もはや、この氷剣で切り裂くことに躊躇いなどなかった。

これは正真正銘の、魔術師同士による殺し合いなのだから。

「……ここまできても、届きはしないのか。流石は氷剣。世界最強の魔術師は伊達《だて》ではないようだな」

「…………」

意識を落としていく。

沈む。

深海に沈んでいくように、あの頃の感覚に戻るように研ぎ澄ませる。

感覚を、己の全ての神経を集中させる。

「──氷千剣戟《アイシクルブレイズ》」

改めて、氷剣を次々と生み出していくが、ここで新たに別のコードを処理の過程に組み込む。

《第一質料《プリママテリア》＝エンコーディング＝物資《マテリアル》コード》
《物資《マテリアル》コード＝ディコーディング》
《物質《マテリアル》コード＝プロセシング＝物質変化《マテリアルシフト》》
《エンボディメント＝物資《マテリアル》》

走らせるコードは、物質変化《マテリアルシフト》。

自分の手に握りしめる氷剣だけは、刀の形状に変化させる。


「──氷刀《ひょうとう》」


この手の中に顕現させるのは、氷刀。

【氷剣の魔術師】は、刀剣に属するものならば、その全てを思いのままに氷を媒体として具現化できる。

今回はその中でも、刀を選択した。

そうして俺は改めて氷刀を構えて、グレイ教諭を見据える。

「う……ぐうううう……あああああアァアアあああぁァアアアッ！」

明らかにそれは、苦痛に踠《もが》き苦しんでいる姿。

体を腕で押さえ込み、流れ出る血液を拭う暇さえないグレイ教諭。

それは、彼女の過酷な状況を如実に物語っていた。

──終わらせないといけない。

あんな人から外れた姿を保つのは……それこそ、地獄のような苦痛なのかもしれない。

だからこそ……ここで引導を渡すッ！

「──はあああッ！」


駆ける。


すでに彼女を覆う漆黒の第一質料《プリママテリア》の奔流は、まるで嵐のように吹き荒れる。

荒れ狂う無秩序な魔術。

ただそれはあまりにも膨大すぎて、対物質《アンチマテリアル》コードで全て打ち消すのは……戦略としては、ありえない。

また、座標固定《フレームロック》を使おうにも、あの漆黒の第一質料《プリママテリア》によって座標を定めることはできない。

「これで終わりだッ！　氷剣ッ！」

俺を引きずり込むように漆黒の手が、搦《から》めとるようにして伸びてくる。

この魔術には見覚えがあった。

精神干渉系魔術、深淵《アビス》。

精神に干渉し、相手の精神構造をコードから乗っ取り破壊する魔術。

戦場ではこれに呑《の》まれてしまい、心を破壊されてしまった者もいる。

「…………」

見据える。

深淵《アビス》により生まれたその漆黒の手はすでに、百は優に超えている。

それは俺の身体を摑《つか》もうと幾重にも重なり合うようにして、迫ってくる。

対物質《アンチマテリアル》コードで局所的に打ち消し、さらには後ろに控えている冰剣を操ることで対処する。


——死が視える。


きっと、あれに捕まってしまえば俺の命はそこで終わるだろう。

身に迫る死。

それは生物の本能として当たり前のものだ。

だが、師匠の教えによって俺には刻まれている。

死を無理やり抑え込むことはするな、と。
無視をすべきではない。
見ないふりをするべきではない。
やるべきなのは、その死を見据えた上で戦う意志を持つことだ。
否定するのではなく、許容する。
そうすると、身体の震えが止まりさらに感覚は鋭くなっていく。
「死ねえええええッ！　氷剣ッ！」
近づけば近づくほど、その濃度は濃くなっていき攻撃も激しくなる。
俺はその中を進み続ける。
立ち止まることなど許されない。
ここで、この一撃で、仕留める必要があるからだ。
そうして……ついに、射程距離《キリングレンジ》に入る。
対物質《アンチマテリアル》コードと氷剣の同時使用により、俺の身体もまたすでに悲鳴をあげている。
皮膚には薄いヒビが入り、そこから出血。
さらには眼球からも溢れ出るその血は、止まることはない。
だが視界が赤く染まろうとも、この一撃は絶対に……当てるッ！

「――氷花繚乱《ひょうかりょうらん》」

一閃《いっせん》。

その吹き荒れる漆黒の第一質料《プリママテリア》を真横に切り裂く。

しかし、氷刀の刀身部分は完全に砕け散ってしまっていた。

それは、相手の第一質料《プリママテリア》の奔流に氷刀が耐えられなかったからだ。

パラパラと舞う氷《こおり》のカケラは、漆黒の中へと呑まれていく。

「ふ……フハハハ！　いくら、氷剣であっても……これは突破できまいッ！」

俺の攻撃を完全に防いだと思っている彼女はそんな声を上げた。

氷刀はこの漆黒を切り裂くために生み出した、とっておきのもの。

きっとグレイ教諭は、そう思っていることだろう。

しかしそれは、過《あやま》ちだということにまだ気がついていない。

「さぁ、死んでもらうぞッ！」

大量の漆黒の手が俺を包み込むように迫るが……もう既に、事は済んでいた。

眼前で急停止するその漆黒の手を見つめながら、俺は冷淡に告げる。

「いいや。既に決着はついた」

「あ……あぁ……？」

冰花繚乱《ひょうかりょうらん》。

その真価は、連鎖魔術《チェイン》と遅延魔術《ディレイ》にある。

この技は、氷で構成されている刀身を連鎖魔術《チェイン》と遅延魔術《ディレイ》で再構築し、指定した座標に氷の花を幾重にも重ねるようにして発動する魔術。

砕け散ったのは、わざと脆《もろ》く構成していたからだ。

元々これは、切り裂くことを目的としたものではない。

相手を油断させ、そして再構築した氷でその対象の全てを包み込むことこそが、この技

——冰花繚乱の真価。

そして、連鎖魔術《チェイン》により数多くの氷花《ひょうか》が生み出され、遅延魔術《ディレイ》によってそれが花開くようにして彼女の体を覆い隠していく。

「な……なんだこれは‼　どうなっているッ⁉」

「——グレイ教諭。そこでしばらく、眠るといい」

「あああああああああああッ⁉」

パキ、パキパキパキとその体は完全に氷の花々に包まれてしまい……。

目の前には彼女を包み込むようにして、巨大な氷花《ひょうか》が生まれた。

パラパラと零《こぼ》れ落《お》ちる氷の残骸は、まるで雪が降っているかのような幻想的な光景だっ

た。

「はぁ……はぁ……はぁ……」

その場に膝をつく。

すぐに減速《ディセラレーション》で能力を引き下げ、体内時間固定《クロノスロック》によって自身の能力を封じ込める。

「レイッ！」

「大丈夫なのか！」

「レイくんッ！」

グレイ教諭を無力化したことで立ち上がれるようになったのか、三人ともに俺の方へとやってくる。

あぁ……俺は守ることができたのだ。今回は誰も失うことはなかった。

だからもう、休んでもいいですよね。

ねぇ、師匠——？

# エピローグ　新たなる始まり

「う……うぅ……」

目が覚める。

すると視界に入ってきたのは天井。

それを認識すると、今の自分の状況を確認する。

俺はベッドに横たわっており、窓からは心地よい夕焼けが差し込んでいた。

「レイ、起きたのか？」

「……師匠？　ここは……？」

「学内の医務室さ。一応、治療などは全てアビーがやってくれていたようだがな」

ベッドの左側には、車椅子に座った師匠がいた。その後ろにはカーラさんが控えていて、隣にはアビーさんもいた。

「使ったようだな」

「申し訳ありません。あの場面では、あれが最適解だと思ったので……」

「いや、構わないさ。私も仮にお前の立場だったら、同じことをしていただろう」

「そういって貰《もら》えると、恐縮ですが……」

「それと、魔術領域暴走《オーバーヒート》の件なら気にするな。今回は解放してしまったが、あの程度の時間なら問題はない。今後とも養生すれば、いつかは体内時計固定《クロノスロック》も必要なくなる」

「そうですか……」

ふぅ、と息を吐き出す。

あの戦い。

結構ギリギリなところまで自分の性能を引き出していたが、特に後遺症なども残らなくてよかった。

「そういえば、みんなは……？」

「全員無事だ。軽い魔力欠乏症になっているだけだった。少し休めば回復する程度だ。よくやったな、レイ」

「はい。ありがとうございます、師匠」

ポンポンと頭を軽く叩《たた》かれる。

これをされるのも、本当に久しぶりだ。

「それであれから何時間が経過したのでしょう？　それと、グレイ教諭は？」

「それは私から説明しようじゃないか」

スッと、前に出てくるのはアビーさんだった。

「レイが倒れてから一日が経過した。そして、ヘレナ＝グレイディは確保済みだ。お前のアレを溶かすのは苦労したがな」

「お手数おかけしました……」

俺は軽く頭を下げた。

「いや、殺していないのは助かった。あいつからは今後とも情報を引き出す必要があるからな」

「彼女は帝国の密偵ではなかったのですか？」

「あぁ。所属は優生機関《ユーゼニクス》であり、帝国との関係はなかった。というよりも、優生機関《ユーゼニクス》そのものが国との繋《つな》がりはない……という結論に至っている。かの機関は完全に国から独立していて、優秀な研究者や魔術師を引き抜いているらしいが……まだ全貌はつかめていない」

「なるほど……そうですか」

そうか……俺が出る幕はここまでだろう。後の処理は専門の人に託すべきだ。

チラッと外を見る。

もう夕方なのか、真っ赤な夕焼けの光が、室内に差し込んでくる。

それを見て改めて、終わったのか……と思った。

あの戦いで、俺は為すべきことを為せた。

その実感は未《いま》だにこの手の中に確かに残っていた。

「ともかく、レイの元気そうな顔を見ることが出来て良かった。また時間がある時にでも、うちに来い」

「はい。師匠」

そうしてカーラさんに車椅子を押される形で、師匠は外に出ていく。

　一方でアビーさんはどうやら、まだ話があるみたいだった。

「色々とあったが……学院はどうだ？」

「そうですね。今は、本当にこの学院にやってきて良かったと思います。大切な友人もできました」

「そうか……いや、それなら良かった。しかし、皮肉だな」

　そしてアビーさんはフッと自嘲気味に笑うと、思いがけないことを口にする。

「実は私は、レイの学院への入学には反対していたんだ」

「……そうなのですか？」

　初耳だった。

　確かに俺は、師匠に言われて学院に入学することになったが……その際に便宜を図ってくれたのがアビーさんだった。

　だから、賛成してくれていると思っていたのだが……。

「私はレイにはもっと休息がいると思った。それに学院は血統主義の連中が多い。軍で生活を送り、多くの死に触れ、そして何よりもお前は一般人《オーディナリー》だ。その事実は、絶対に覆《くつがえ》しようがない。だからきっと、不幸になると思っていた。周りの人間と軋轢《あつれき》を生むのは間違いないからな」

「………………」

　黙ってその話を聞く。

「私はレイの良さを知っている。でも、周りの魔術師はそう思わない。絶対に辛《つら》くて悲しいことになると、そう思っていた。だがな、リディアが頭を下げて懇願してきたんだ」

「師匠が頭を下げて、懇願……？」

にわかには信じ難い。

師匠は誰よりも自分に厳しい人だ。

懇願をするような姿など、全く想像できなかった。

「普段のあいつからは想像も出来ない姿だ。それでも、ただじっと……頭を下げて、こう言ったんだ」

息を吞む。

そしてアビーさんから、その時の言葉を聞いた。


「レイは強い。私たちが思っている以上に、強くて優しい子だ。だからこそ、レイはもう……私たちの元にこれ以上いてはいけない。あいつはもっと世界の広さを知るべきなんだ。必要なのは、もう……面倒を見る大人ではない。アビーの懸念もわかる。だが、後生だ……っ！　どうかレイを、レイを学院に入学させてくれっ！　頼む……っ！　レイはこれから絶対に、幸せになるべきなんだっ……！」

その言葉を聞いて俺は、自分の胸を押さえた。

歓喜に震えるとは、きっとこのことを言うのだろう。

「どうだ。意外だろう？」

「はい。師匠がそんなことを言うなんて……いやでも……」

愛は感じていた。

でもそれは言葉で示されるものではなかった。

ただその態度から感じ取っていただけだ。

そして、それが今につながっている。

なんということだろうか。やっぱり師匠は、俺にとってかけがえのない人だと……改めて思った。

「結果として、リディアの言う通りだった。レイは学生生活を楽しんでいる。まだ周りの視線は厳しいだろうが、お前はちゃんと前に進んでいる。かけがえのない友人もできたようだしな」

アビーさんの言葉は徐々に熱を帯びてくる。

俺も同様に、火がついたように心が暖かくなる。

師匠が俺をそこまで愛してくれているなんて……本当に俺は、幸せ者だ。

「やっぱり、お前たち二人は特別だな。リディアはレイのことをよく分かっている。それはやはり……愛、だろうな。私もお前を愛している。でもリディアのそれは、きっと特別なものだ。師弟の絆《きずな》、というべきだろうか。少しばかり嫉妬してしまうな……」

そう言うが、彼女の表情は依然として優しいものだった。

「レイ。これからも、学生生活を楽しんでくれ。そして幸せになってくれ。それが私たちの願いだ」

「……はいっ！」

――一筋だけ、涙が零《こぼ》れた。


「さて、新しい客が来たな。私はこれで失礼しよう」

「それはどういう？」

意味でしょうか。

と聞く前に、アビーさんは立ち上がって出て行ってしまう。

そして同時に、扉の横から真っ赤な髪の毛がぴょこんと一房だけ出ているのが見えた。

「みんな……」

室内に入ってきたのは、三人だった。

アメリア、エヴィ、エリサ。みんな妙に心配そうな表情をしている。

「レイ！　大丈夫なのかッ！」

「エヴィ、心配してくれてありがとう。現状では特に何も問題はないそうだ。俺自身も、違和感を覚えていない」

「そうか……そりゃあ、良かったが……」

分かっているとも。エヴィが聞きたいのは俺の体調のこともあるだろうが、本題は別。

それは、アメリアとエリサの表情を見てもよく分かった。

「レイ……あなた、本当は……」

「アメリア。そこから先は、俺が言おう」

三人の方に姿勢を少しだけズラして、まずは頭を下げた。

「すまなかった。俺は隠し事をしていた」

「レイくん……それって……」

「あぁ。もう分かっていると思うが、俺が七大魔術師が一人、【氷剣の魔術師】だ」

「そう……やっぱりそうなのね……」

アメリアは妙に納得した様子だった。エヴィとエリサも同じようだった。

この三人には話してもいいだろう。

俺の過去は忌まわしい記憶だ。

忘れられるものなら、忘れてしまいたい。

しかし、俺は【氷剣の魔術師】として能力を見せてしまった上に……このかけがえのない学友には誠実でありたかった。

だからこそ、覚悟を決めて口を開いた。

「少し……過去の話をしよう。俺の生まれは東の小さな村でな。それこそ、魔術師などいなかった。両親も他の人たちも皆が一般人《オーディナリー》だった。平和な場所だった。だが……俺たちは極東戦役に巻き込まれた……」

極東戦役。

それは初めて魔術が本格的に導入された戦争。

それこそ、魔術は生活の質、インフラを高めるために欠かせないものになったが……それはあくまで一面に過ぎない。

人はどうしても、争ってしまう生き物である。

ならば、その手段として魔術を使い始めるのは時間の問題だった。

魔術は人殺しの道具としても有用なのは、誰の目にも明らかだったからだ。

「俺は村のみんなだけでなく、両親も失い、戦争孤児となった。そして、紆余曲折《うよきょくせつ》を経て師匠と出会ったんだ」

「師匠というと……さっきの車椅子に座っていた、美人さんか？」

ちょうど先ほどすれ違ったのか、エヴィがそう尋ねてくる。

「そのとおりだ。そして俺は何の因果か、師匠に拾われたのを機に魔術師としての才能が開花した。そして軍人として戦場で戦うことになった。それほどまでに、当時は酷《ひど》い状況だった」

どこか虚空を見つめるような目で、俺は過去を語る。

それは昨日のことのように思い出せる記憶だ。

あの怒号も、悲鳴も、全てが脳内にこびりついているような感覚。

それを想起しながら、俺は淡々と言葉にしていく。

「そして俺は、極東戦役の最終戦で……魔術領域暴走《オーバーヒート》を引き起こした。そこから先のことはよく覚えていないが、目が覚めた時には極東戦役は終了していて、師匠は下半身が動かなくなっていた……」

三人も俺の話をじっと黙って聞いてくれているようだった。

ただじっと、真剣な表情で。

「それから先、魔術領域暴走《オーバーヒート》したとはいえ、俺にはまだ能力が残っていた。そして俺は、師匠のためにも【冰剣の魔術師】の座を引き継ぐと決めた。あとは師匠の紹介で、王国の田舎にある師匠の姉の家で養子として過ごすことになった」

記憶に新しい出来事だが、もう三年も経《た》つと思うと時の流れは早いと感じる。

「そんな過去があったのね……レイには」

「レイくん……」

「レイ。お前にそんなことが……」

アメリアがそう呟《つぶや》く。

エリサは泣きそうな顔をしていて、エヴィはただ真面目な表情で、俺を見つめている。

「話を続けよう。軍も退役して、俺は魔術領域暴走《オーバーヒート》をどうにかするためにそこで過ごしていたが……ある日、学院への入学を勧められた」

当時は学校に行くということは全く考えていなかった。

だが、師匠の言葉は今でも俺の心に残り続けている。

「学院に入学しろ、という言葉はよくわからなかった。その時は、いまさら学生になってどうするのかと思った。しかし、することもない俺は、とりあえず従うことにした。こうして俺は入学して……今に至るというわけだ」

大筋だけだが、俺は自分の過去を語った。

俺の魔術領域暴走《オーバーヒート》は未だに続いている。

そのため、満足に魔術を使用することはできない。

出来たとしてもそれは、まだ一時的にしか解放できない。

【氷剣の魔術師】の本質である、減速《ディセラレーション》と固定《ロック》を応用してそれを無理やり制御しているのが今の俺だ。

「そうか……レイ。今までのお前の言動、納得したぜ」

「そうね。私も納得したわ」

「うん。私も……レイくんにはそんな過去があったんだね……」

軽蔑するだろうか。

俺は心のどこかでやはり恐れていたのかもしれない。

自分の過去を知られてしまうことを。

学院で学生生活を謳歌《おうか》しようにも、俺がしてきたことは無くならない。

楽しむことはできているが、心のどこかでずっと過去に縛られていた。

この手はどれだけの時間が経過しようとも、血に染まっているのだから。

そしてチラッと顔を上げると、アメリアが急に抱きついてくる。

「うお……っ！」

「レイは……凄《すご》いわ……本当に、本当に……」

その様子を、エヴィとエリサも見つめてくれている。

その視線には恐怖や怯《おび》えはなかった。

むしろ全てを包み込むような、そんな……優しい目をしていた。

「でも俺は、多くの命を……この手で……」

「私は今のレイしか知らない。たとえ過去がどんなものであっても、あなたに変わりはないわ。それにあなたが優しい人だって、みんな知っているわ」

「そうだぜ！　やっぱりレイはすげぇやつで、それで……俺の最高のダチってことはよく分かったからよ！　今更どうにかなるとか思ったか？　そんなことじゃあ、俺との熱い友情は断ち切れないぜ！　これからも一緒に筋トレしようぜ！」

「わ、私も……！　これからもずっと、レイくんと一緒にいたい……！　お友達なのは

「……変わりないよ……！」

その言葉を聞いて、俺は自身から一筋の涙が自然と零《こぼ》れ落《お》ちるのを——感じた。

「あぁ……そうか。そういうことだったのですか、師匠……」

村で大切な人たちを亡くし、戦場でも戦友と死に別れた。

守れたものもあったが、同時に失うものもあった。

その度に後悔し、嘆いた。

でも止まることは許されなかった。

仲間の死を嘆く暇などない。

そんな時間があるのならば、その分だけ前に進む必要があったからだ。

そして俺は進み続け、彷徨《さまよ》い続け……この学院にたどり着いた。

初めは師匠に言われたから、リハビリついでに学生でもしようかという気持ちだった。

確かに初めての学校に心は躍ったが、それはあくまで表面的なもの。

この心の奥底に残る闇は、決して晴れることはなかった。

だが、こんなにも素晴らしい友人に恵まれ、こうして自分の感情を吐露《とろ》することなど思ってもみなかった。

でも師匠、分かりましたよ。

どうして貴女《あなた》が、俺にこの学院に行くように勧めたのか。

きっと、師匠のことですから分かっていたのですね。

俺にも……大切な、かけがえのない友人ができるのだと。
そしてそのことが、俺の心を癒《いや》し、この空虚な心を埋めてくれるのだと。
確かに俺は、七大魔術師の中でも最強と謳《うた》われている【冰剣の魔術師】だ。
血の滲《にじ》むような努力を重ねて、あらゆるものを犠牲にして、その頂点に至った。
でもこの心は、まだ未熟。
魔術に関しては世界最高峰かもしれないが、一方で俺は彷徨い続けていた。
いつかどこか、自分の居場所があるのかもしれないと信じて。
戦場を駆け抜けていた時のように。
そしてふと、あの時に師匠が言った言葉を思い出す。

「レイ。お前はきっと——そこで自分自身を見つめ直すことができるだろう。私の元を離れるからこそ、見える景色がある」

そうだったのですね、師匠。その言葉が今ならよく分かります。
きっと俺はここで、魔術師としての能力を取り戻すだけでなく、人としての在り方も
……改めて学んでいくのでしょう。

今までも、そしてこれからも、大切な仲間と共に――。

◇

レイがこの学院にやってきた理由を理解したと同時に、彼は向き合っていた。他でもない、自分自身と。

――一体俺は、何者なんだ。

今まで積み上げてきたものが、全てバラバラに砕け散り、崩壊していく。

理解してしまった。自分が立っているその場所は、砂上《さじょう》の楼閣《ろうかく》。

血統という名前に縋《すが》り付《つ》き、努力を怠り、才能に縛り付けられているのだと分かってしまった。

レイ＝ホワイト。

その存在は、彼の心に刻まれている。

一般人《オーディナリー》だと侮り、見下し、そしてグレイの甘言《かんげん》に唆《そそのか》されて、レイに勝負を持ちかけた。

周りに貴族の仲間も用意して、徹底的に叩いてやろうと。身の程を教えてやろうと。

どうして彼がそのようなことをしたのか。

それは、やはり証明したいと思ったからだ。

この世界は才能に支配されていると。

上流貴族であった彼は、幼い頃は努力することも大事だと思っていた。

だが、三大貴族の人間の圧倒的な才能を見て、悟る。自分の努力では、一生辿《たど》りつくことはない才能だと。

だから彼は、自分を慰めるために、その血統にしがみ付いた。

そうしなければ、自分を保つことができなかったからだ。

幼い頃から憧れる七大魔術師の地位。

それを夢見て、そして諦めて、才能に固執した。そんな彼は、レイに苛立《いらだ》っていた。

──才能もないのに、どうしてこの学院に来たのかと。

そして、レイに怒りを覚えた。ろくに魔術も使えないのに、どうして平然としているのか。

でも今ならば理解できる。

アルバート＝アリウムにとって、レイ＝ホワイトはあまりにも眩《まぶ》しかったのだ。

才能もない、優秀な魔術師の家系でもない。

だというのに、ただ真《ま》っ直《す》ぐ進んでいるレイに対して嫉妬した。

だから彼は、レイに固執していた。

だが、レイは【氷剣の魔術師】であった。その事実のおかげか、アルバートは自己を見つめ直していた。

「レイ＝ホワイト……」

「ミスター・アリウムか。何か用だろうか」

学内の医務室にやって来る。そこでは、レイが読書をしていたが、アルバートがやって来るとその本をパタリと閉じる。

「──申し訳なかった。俺はとんでもないことを……してしまった」

丁寧に頭を下げて謝罪をする。

今までのアルバートならば、そんなことは絶対にしない。

しかし、今の彼は素直に受け止めていた。

自分の矮小《わいしょう》さも、レイの大きな器も。

「……ミスター・アリウム。いや、アルバートと呼んでも？」

「……構わない」

「では俺のこともレイと、呼んで欲しい」

「それは……」

そう言われて、アルバートが思うのは申し訳なさだ。あれだけのことをしてしまったのに、距離感を詰めるレイに戸惑う。

――俺にそんな資格はないというのに……。

レイはそして、彼の謝罪を受け入れる。

「謝罪は受け入れた。あのことは水に流そう」

「いや……それは……」

「素直に謝罪ができる。それだけも俺は凄いと思う。反省し、思うところがあるんだろう？　だから俺のもとにこうしてやってきた。違うだろうか？」

「流石《さすが》だな……その通りだ」

自分などとは器の大きさが違う。魔術師としても、人としても。

彼はそう痛感した。

そして、アルバートは問うた。

「どうしてレイは、そんなにも――」


強く、真っ直ぐ生きることができるのか。

自分に何か言う権利などないことは知っている。

それでも問わずにはいられなかった。

「……強さか。才能は確かに必要だろう。だが、努力と環境も必要だ。そして俺たちができることは、良い環境に身を置いて、ただ愚直に日々を重ねることだ。努力さえすれば良いわけではない。だが、俺たちにはそれしかできない」

レイは、さらに言葉を紡ぐ。それは優しい声色だった。

アルバートの顔つき、それに表情からレイは感じ取っていた。

彼は、昔の自分に似ていると。

迷いと焦燥。

レイはアルバートのことは決して嫌いではなかった。

それは彼もまた、迷っている人間だろうと、よく理解していたからだ。

だからきっと、自分を見つめ直すことができれば、もっと先に進めると。

そうレイは評価していたのだ。

「君は何度だってやり直せる。俺のところに来たのも、求めていたんだろう。答えを。でもその答えは、自分で見つけるしかない。月並みな言葉になってしまうが、俺はそう思う」

「…………」

その言葉を聞いて彼は何を思うのか。

そしてアルバートは、外に向かう。

今は、無性に涼しい風に当たりたかった。

夕刻。
オレンジ色の光を浴びながら、彼は考える。
「俺は結局……進むしかなかったのか」
思い出す。
幼い頃の自分を。
ただ自分を信じて進んでいた頃を。
「そうか。そうだったのか」
一筋の涙が、頬を伝う。
それは惨めな自分への悲しみ。
次々と溢《あふ》れ出《だ》して、地面に出来る涙の跡。
原点はすでにあった。
ならばそれを胸に抱いて、進めば良いだけだった。
もう自分を偽る必要はなかった。
彼は驕《おご》っていた。
才能こそが全てだと。
血統こそが全てだと言い聞かせることで、自分の限界を見切っていた。
しかし、彼は決して愚者ではなかった。
学び、自己を省みて、進むことのできる意志を持っているのだから。

アルバート＝アリウム。
彼が将来、偉大な魔術師として大成することになるのは、まだ誰も知ることはない――。

「はぁ……」
天蓋付きのベッドに、自身の身を投げるアメリア。
ただ呆然《ぼうぜん》と、その天井を見つめる。
彼女は知った、レイ＝ホワイトの正体を。
【氷剣の魔術師】
それこそが、彼の正体だった。
そして違和感は全て氷解していく。
あの態度も、少しおかしな言動も、その過去を聞けば納得できた。それと同時に思う。
自分とは、その在り方が違うのだと。
ふと、壁にある時計を見つめる。
カチ、カチ、カチと音を立てながら進む秒針。
それを見て思う。
――私の時間は、あの時からずっと止まったままだ。
「私は本当に、本当にどうしようもない」

ボソリと呟く。

レイの過去を聞いて、抱きついて彼に言葉を送った。

あなたは、あなたのままで変わりはしないのだと。

でもそれは、アメリアにとって偽物の言葉でしかなかった。

きっと、理想のアメリアならそう言うに違いない。

そんな計算から出た言葉だった。

この時のこの場面なら、それが最適解だろうと。

心のどこかで、そのように分析してしまう自分がいた。

ずっとそうだった。

幼い頃から拭い切れない。

貴族として振る舞い続けていく内に、自分を見失い、どこに立っているのかも分からない。

それをどこか遠くから認識している自分がいた。

乖離《かいり》する想《おも》い。

彼女もまた、彷徨い続けていた。

そんな自分に対して、アメリアは自己嫌悪を覚えざるを得ない。

だから改めて思う。

——私は一体、誰なんだろう……と。

「……はぁ」

自室の姿見の前に立つ。

毎日見ている自分がそこにいる。

アメリア＝ローズ。

三大貴族筆頭ローズ家長女。彼女には歳《とし》の離れた兄がおり、彼が当主を継ぐことは決まっているので、そこまで大きな圧力《プレッシャー》はないだろう。周りの貴族たちはそう思っている。

そして彼女の魔術師としての実力も疑いはしない。

しかし、彼女は身の程を知っていた。

自分の才能にすでに見切りをつけているからだ。

初めて学院でできた友人とも呼ぶべき存在。

みんなはただ眩しかった。

ありのままに、自由に過ごしている。

そんな姿を見るたびに、心が締め付けられるアメリア。

そしてそっと、鏡に手を添える。

「あぁ……本当に私は――」

彼女はいつものように、呪詛《じゅそ》とも呼ぶべき言葉を自分に刻み込むのだった。

レイとの出会いによって周囲の人間は、大きく変化する。
そして、それぞれの想いを懸けた魔術剣士競技大会《マギクス・シュバリエ》が、もうすぐ始まろうとしていた
――。

◇

「ふん……！　ふん……！」

「おぉ！　いいな、レイ！　気合入ってるじゃねぇか！」

「あぁ！　体調はもう完璧だからな！」

あれから数日が経過した。

俺はすっかり元どおりになり、早朝からエヴィと筋トレをしていた。今日もいいカットが出ており、バルクが衰えていることはなかった。

「さて、そろそろ教室に向かうか」

「おう！」

こうして新たな日常が始まろうとしていた。

「………………」

教室に着くと、俺は自分の席で読書をする。朝のこのわずかなひと時は、本当に素晴らしいものだ。

今日は放課後に環境調査部に行く予定だし、明日は園芸部にも足を運ぶ。そろそろ新しい花を育ててみたい気持ちもあるしな。

俺は知った。この学院での生活は決して無駄ではないと。

きっと俺の人生にとって、かけがえのないものになる。

だからこそ、存分に謳歌しようではないか。大切な学友たちと共に。

「聞いたか？」

「うん。先生、諸事情でやめたんだったね」

「それで新しい人が来るらしいが……」

教室内の生徒がそう噂《うわさ》をしている。

グレイ教諭はもういない。

ならば、別の教師がやって来るのは自明。

その人とは、いい関係を築いていきたい。何も学生生活は生徒同士だけのものではない。教師との関係性も重要だと思っているが……。

と思っていた瞬間、俺は本を落としてしまう。

「あ……あいつは……」

知っている。

胸元が派手に開いた服装に、何よりも特筆すべきは……その桃色の派手な髪。それを綺《き》麗《れい》にかつ、緩やかに縦に巻いている姿。

それに左目の下にある泣きぼくろ。

しかしそれは、化粧で作っているものだ。

美人というよりは、可愛《かわい》いと形容すべきその異様な姿を……俺は知っている。

「はろはろ～☆ ちゃろ～☆ み～な～さ～んっ!! 私が新しいこのクラスの担任の、キャロル＝キャロラインで～すっ！ 気軽に、キャロちゃんとか、キャロキャロ～とか、キャロちゃん先生って呼んでね☆ キャピ☆」

バチン、と音が聞こえてきそうなほどにウインクをするのは——


キャロル＝キャロライン。

俺の知り合いでもあるが、それもそのはずだ。
なぜなら、あいつは七大魔術師が一人。
【幻惑《げんわく》の魔術師】その人なのだから。
七大魔術師の中でも一番素性をオープンにしているあいつが、どうしてこんなところに
……。

こうして俺の学生生活は、まだまだ波乱万丈なものになりそうだと……。
――そう思った。

# あとがき

はじめまして。作者の御子柴奈々《みこしばなな》です。

星の数ほどある作品の中から、本作を購入していただき本当にありがとうございます。

また、最後までお読みいただき嬉しい限りです。といっても、はじめにあとがきから読む方もいるかもしれませんが（笑）。

【冰剣《ひょうけん》の魔術師が世界を統べる】は、私なりの王道学園ファンタジー作品になります。

学園ファンタジーで育ったといっても過言ではないので、自分なりの学園ものを皆さまにも楽しんでいただけたのなら幸いです。

さて、少し自分語りになりますが、お付き合いいただければと思います。

私がライトノベルに出会ったのは中学生の頃でした。当時は朝読書の時間があり（今もあるのかな？）、本を忘れてぼーっとしていると前の席の友人が本を貸してくれました。

それが、私とライトノベルとの出会いでした。

その後はラノベの魅力的な世界にのめり込み、私はラノベを読むことに没頭しました。

スマホやゲームが今ほど普及していれば、ハマっていなかったかもしれませんね。

今でも覚えていますが、金曜日の塾の帰りにラノベを買って夜更かしして読むのが最高の楽しみでした。

時間を忘れることのできる最高の娯楽。それが私にとっての、ライトノベルでした。そして大人になった今でもラノベを読み続け、ついには自分で書くようにまでなり、書籍化するに至りました。人生とは、どうなるのか分からないものですね。

私のこの作品が、皆さまにとってのそんな時間を忘れることのできる最高の娯楽になれたのなら、作者としてこれ以上嬉しいことはありません。

謝辞になります。

梱枝《こりえ》りこ先生、素晴らしいイラストを本当にありがとうございます。実は、昔から梱枝先生のファンでして……こうして自分の作品を担当していただけるとは、夢のようでした。改めて、素敵なイラストに感謝を！

担当編集の庄司《しょうじ》様との出会いは、運命的なものだと思っております。書籍化する際には数多くのアドバイスをいただき、とてもお世話になりました。本当に感謝しかありません。

その他、校正様、営業様、装丁様、数多くの方の支えと協力があり、本作を出版することができました。また、家族と友人たちにも、大変お世話になりました。その中でも友人Kさんがいなければ、実は氷剣は生まれていませんでした。いずれ、氷剣の誕生秘話も語ることができたらと。

読者の皆さまの応援もまた、私にとっての大きな活力となっております。

多くの方々に恵まれ、こうして本作を仕上げることができました。本当に皆さま、ありがとうございます。

今後も、氷剣をお楽しみいただければと思います。

それでは、また二巻でお会いしましょう！

二〇二〇年　五月　御子柴奈々

あとがき
祝1巻
アメリア
かわいい…

公式アプリ
「マガポケ」にて
大好評
連載中!

ファンレター、
作品のご感想を
お待ちしています。

あて先

〒112-8001　東京都文京区音羽2-12-21
(株)講談社ラノベ文庫編集部 気付

「御子柴奈々先生」係
「梱枝りこ先生」係

より魅力的で楽しんでいただける作品をお届けできるように、
みなさまのご意見を参考にさせていただきたいと思います。
Webアンケートにご協力をお願いします。

https://form.contentdata.co.jp/enquete/lanove_123/

講談社ラノベ文庫

# Webアンケートにご協力をお願いします!

読者のみなさまにより魅力的で楽しんでいただける作品をお届けできるように、みなさまのご意見を参考にさせていただきたいと思います。

Webアンケートはこちら →

Webアンケートページにはこちらからもアクセスできます

**https://form.contentdata.co.jp/enquete/lanove_123/**

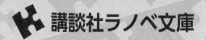

講談社ラノベ文庫

# 冰剣《ひょうけん》の魔術師《まじゅつし》が世界《せかい》を統《す》べる

## 世界最強《せかいさいきょう》の魔術師《まじゅつし》である少年《しょうねん》は、魔術学院《まじゅつがくいん》に入学《にゅうがく》する

---

御子柴奈々《みこしばなな》

2020年 6 月30日第1刷発行
2022年12月 5 日第2刷発行

| | |
|---|---|
| 発行者 | 森田浩章 |
| 発行所 | 株式会社　講談社<br>〒112-8001 東京都文京区音羽2-12-21 |
| 電話 | 出版　(03)5395-3715<br>販売　(03)5395-3608<br>業務　(03)5395-3603 |
| デザイン | 百足屋ユウコ＋石田隆（ムシカゴグラフィクス） |
| 本文データ制作 | 講談社デジタル製作 |
| 印刷所 | 株式会社ＫＰＳプロダクツ |
| 製本所 | 株式会社フォーネット社 |

KODANSHA



ISBN978-4-06-519122-4　N.D.C.913　335p　15㎝
定価はカバーに表示してあります